W0176066

FALSCHE HIMMEL

Liane Dirks

FALSCHE HIMMEL

Roman

Kiepenheuer & Witsch

1. Auflage 2006

© 2006 by Verlag Kiepenheuer & Witsch, Köln
Umschlaggestaltung: Barbara Thoben, Köln
Umschlagmotiv: © doublepoint pictures/buchcover.com
Gesetzt aus der Caslon 540
Satz: Pinkuin Satz und Datentechnik, Berlin
Druck: C. H. Beck, Nördlingen
Bindung: G. Lachenmaier, Reutlingen
ISBN 10: 3-462-03713-7
ISBN 13: 978-3-462-03713-5

Hinterlegt vor dem Durchschreiten einer Lichtschranke

Nun ist also Nacht. Vor mir liegt das letzte Heft, es ist blau, tiefblau. Dass die Nacht noch immer aus den Dingen kommt, wundert mich, wie Nebel steigt sie empor. Man könnte ja meinen, es sei umgedreht, dass sie sich herabsenkt, aber so ist es nicht. Wenn man genau hinsieht, merkt man es: Zuerst wird die Erde schwarz und dann der Himmel. Das Licht der Nacht ist rätselhaft, metallen, und so dicht es uns auch einhüllt, es bleibt doch immer sehr weit weg.

Es hat sich nicht viel geändert hier, die Temperatur ist unvermindert hoch. Ich habe die Fenster geöffnet, manchmal weht etwas wie Luft herein. Mein Kopf schmerzt. Seltsamerweise ist das etwas völlig anderes als: Ich habe Kopfschmerzen. Es fühlt sich anders an, wie abgetrennt, als gehöre das, was wehtut, gar nicht mir. Ich nehme an, es ist der Druck. Die Grenzwerte sind seit Monaten überschritten, sie erweisen sich als grenzenlos, steigen beinah von Tag zu Tag. Das ist absurd, Werte ohne Grenzen haben keinen Sinn und umgedreht: Grenzen ohne Werte auch nicht. Aber was schreibe ich da, in diesem Experiment kommt es doch nur noch aufs Beobachten an. Niemand legt mehr etwas fest, alles ist offen. Man könnte es für Freiheit halten, aber Freiheit ist etwas anderes.

7

Neben mir steht ein Glas Wasser, gelegentlich nehme ich einen Schluck, die Lampe ist an – es ist nicht so, dass es noch viele Insekten gibt, wahrscheinlich hat auch das etwas mit dem Druck zu tun, dass sie kaum noch da sind.

Allerdings wimmelt es von Menschen. Es wird immer voller. Es findet eine ungeheure Bewegung statt, an der ich nicht teilnehme, die ich aber sehe. Von oben herab.

Das Kind schläft. Ich habe es mit einem Laken zugedeckt. Es liegt im Zimmer nebenan.

Eben kam wieder ein Fassadenkletterer vorbei, es ist absurd, dass sie das immer noch tun. Erschrecken können sie uns damit aber schon lange nicht mehr, Reba sowieso nicht, sie hat keine Angst mehr, vor nichts.

Nur ich zucke manchmal noch zusammen. Allerdings, gelegentlich winke ich sogar, verbissen hangeln sie sich dann weiter hoch, sie sind entsetzlich humorlos.

Ich sortiere immer noch die Akten. Ich habe noch immer sieben große Kisten davon. Wenn ich nicht mit Reba zusammen bin – und meistens ist es so –, sortiere ich oder schreibe.

Ich werde Ordnung hinterlassen.

Ein weibliches Relikt.

Ich hefte die Seiten einzeln ab, streiche jeden Zettel glatt, was ich vorsichtig machen muss, zum Teil sind sie sehr alt. Sie finden ihren Platz, ich sortiere sie jetzt in mein Leben ein. Ich habe mich lange gewehrt.

Manchmal laufe ich auch. Immer um das Hochhaus

herum. Hat mir eine Freundin gesagt: Lauf, du musst laufen, das hilft. Immer laufen. Eine Zeit lang – früher – gingen sie mit Skistöcken durch den Wald, das sah komisch aus, Langlauf im Sommer ohne Schnee. Und wie entschlossen sie das plötzlich alle taten. Sie waren so ernst wie die Kletterer, rückblickend glaube ich sogar, sie waren die Schlimmsten.

Oder ich nehme die Treppen, ich schaffe sie inzwischen siebenmal, und wenn ich auch die Arme trainieren will, dann stemme ich die ein oder andere Feuertür zwischendrin auf, dröhnend fallen sie wieder ins Schloss.

Das mache ich aber nur, wenn Reba schläft, sie soll mich nicht so unruhig sehen. Denn obwohl ich weiß, dass es überflüssig ist, glaube ich doch, ich muss sie stärken, zumindest beruhigen oder Vorbild sein?

Draußen zischt wieder ein Körper vorbei, das Seil sirrt. Das ist ihr Wetter. Immer, wenn der Himmel klar ist, springen sie. Ich weiß wirklich nicht, warum sie das noch tun. Sie sind besessen. Erst bohren sie Löcher in die Hauswand, schrauben die Haken fest, werfen ihre Seile aus, ankern, klettern, steigen, und wenn sie oben sind, dann rüsten sie um, legen sich die Beingamaschen an, klinken die Halterungen ein, gehen auf die Rampe und springen wieder hinab. Je näher sie dabei dem Boden kommen, desto besser sind sie. Kaum sind sie unten, fangen sie wieder von vorne an, steigen auf, fallen, steigen auf, fallen – früher habe ich gern den Vögeln zugesehen, den Lerchen auf dem Feld. Aber es waren Vögel.

Es muss eine Sucht sein, je mühevoller der Aufstieg, desto süßer werden die Sekunden der Befreiung sein. Ein Rausch, wahrscheinlich ist es ein Rausch.

Zweien hat es schon den Rücken zerquetscht. Sie lagen auf dem Boden wie Gallert. Ich habe sie genau betrachtet. Hinsehen tut gut. Es ist das Einzige, das hilft.

Der Mensch ist schwer.

Reba geht wie ein Engel durch die Welt. Nichts rührt sie. Keiner tut ihr was. Sie schlägt von selbst die Richtung ein, immer weiß sie genau, wohin, und doch sieht es aus, als liefe nur ein Schatten ruhig über den Boden her.

Ich schau ihr jeden Morgen nach. Es dauert lange, bis sie ins Bild kommt, und schnell verschwindet sie. Sie winkt nicht.

Es ist nicht so, als hätte ihr noch keiner ein Leid getan. Aber jetzt nicht mehr.

Wieder springt einer. Der Dritte heute. Warum sie sich genau dieses Haus ausgewählt haben, weiß ich auch nicht. Es ist schon lange so, sie haben sogar Meisterschaften ausgerichtet. Es liegt wahrscheinlich am Dach, weil es so groß ist, früher war darauf sogar ein Hubschrauberlandeplatz. Oder an den Wänden. Eine Art Plattenbau, sie können sich zum Klettern im Beton verkeilen. Auf dem Dach hat ein Fernsehsender ihre Sprünge in den Abgrund gedreht.

Zwölf Wochen lang, es wurde uninteressant, weil genau in diesem Zeitraum nichts passierte. Es heißt, sie ließen das gesamte Equipment zurück, »das Format war gestorben«, aber ich weiß nicht, ob das stimmt, ich war noch nicht oben. Mit Hochhäusern ist es wie mit dem Leben: Weiter oben guckt man nicht nach, von »oben« hat man immer nur Vorstellungen.

Ich werde die Fenster schließen. Die Scheiben sind aus Sicherheitsglas – hier regierte einmal irgendein Chef –, bruchsicher und verspiegelt nach außen.

Seltsam ist es, in der Stille auf die Stadt zu sehen. Überall bewegt sich was. In meinen Ohren rauscht es. Ohne Zutritt halte ich es einfach nicht aus. Irgendetwas muss offen sein.

Dort unten läuft der Interviewer, ich kann ihn von hier oben aus erkennen: Mikro, Schlaufe, Band. Er trägt ein uraltes Gerät mit sich, diese Dinger sind schwer, damit habe ich auch mal angefangen. Um ihn herum ist ein Ring. Ein Abstandsring. In ihm durchzieht er die Menge, von oben sieht das aus wie ein Pantoffeltier, das sich wabernd fortbewegt. Oder wie das Auge eines Hurrikans? Vergleiche sind schlecht, er weiß das, deshalb stellt er Fragen, es sind immer dieselben:
Wie hat es angefangen?
Wie ist es zur Tat gekommen?
Wann ist es zur Verurteilung gekommen?
Wenn Sie an früher denken, was fällt Ihnen da ein?

Keiner antwortet mehr, man weiß auch nicht, warum, und schon gar nicht, was. Was er wohl auf seinem Band hat?

Dass sie ihre Löcher weiter in die Hauswand bohren, obwohl sie doch bereits gespickt von Halterungen ist, gehört zu den weniger guten Dingen.

Ich werde also laufen.

Ich werde nicht noch einmal nach Reba sehen. Weil ich will, dass sie schläft, weil ich laufen will, wegen dieses Lärms. Und womöglich schläft sie gar nicht. Es ist nämlich wieder Licht bei ihr. Weißes, weißes Licht bei ihr.

Am Tag ist alles anders. Ich arbeite. Ich gehe herum und versuche Essen aufzutreiben, ich koche, wenn es etwas gibt.

Der Tag ist die zweite Schicht. Eine helle Lüge über dem schwarzen Band von Nichts.

Nichts ist mehr so, nichts war so.

Es gibt Öffnungszeiten und Schluss, manchmal jedenfalls, nicht immer, nicht ganz genau. Es gibt Ziele, Aufgaben, Wege. Wenn es auch andere sind als die alten, so sind es doch Wege. Man geht sie.

Manchmal sterben Wörter, »wichtig« ist so eins. Es ist plötzlich nicht mehr da, kein Mensch gebraucht es mehr, dabei war es mal ein Lieblingswort: wichtig. Man kam sich ziemlich wichtig vor oder sogar: Man war es!

Oder etwas war es: wichtig. Es ist geradezu abgeschafft, als Qualität, einfach nicht mehr da.

Ich bin dünn geworden. Dünn wie Reba. Wir essen kaum. Was uns nicht schadet. Wir haben Kraft. Ich war noch nie so zäh. Erstaunlich, was man alles in sich finden kann. Auch die Müdigkeit ist weg. Ich bin fortwährend wach. Irgendeine Gnade fehlt, vielleicht ist es sogar gerade die von »wichtig«. »Wichtig« macht den Unterschied, ohne Unterschied kann man nicht entspannen.

13

Der Unterschied ist: Tag und Nacht, gut und böse, leise/laut, heiß/kalt, wach und müde. Man nennt es das duale Denken, ja/nein.

Aber wahrscheinlich ist es nur Wasser, das mir fehlt, etwas Kühles, Feuchtes, Weiches, irgendetwas Flüssiges. Oder Haut?

Die vom Interviewer ist jedenfalls völlig zerfurcht. Richtige Löcher hat er im Gesicht. Das müssen die Antworten gewesen sein, mit Akne ist es nicht zu erklären.

Ich traf ihn heute unten, er läuft ständig hier herum.

Entschuldigung, sagte er, darf ich Sie etwas fragen? Sind Sie ein Täter? Wie hat es denn angefangen? …

Immerhin, es fiel mir auf, dass die Leute ihn angucken, ohne Ausdruck zwar, aber das ist doch schon was, wenn sie wenigstens mal gucken.

Vielleicht rüttelt er sie ja wach.

Ich habe auch geguckt, habe diese Löcher gesehen. Als ich ihn vor vielen Jahren kennen lernte, saß er noch hinter der Glasscheibe und sagte seine Kommentare auf. Rundfunkmann: kein Zischen, kein Ploppen, kein »Magen«. Ja, noch nicht mal das, kein knurrender Magen vor dem Mikrophon. Weil die Kommentare nicht gut waren, sprach er später fast nur noch die Nachrichten, absurde Wettervorhersagen, wie das Wetter in ganz Deutschland wird: 8 bis 17 Grad, und dann noch die Verkehrshinweise. Lange her.

– Kennen Sie mich noch, Herr Meyer? Wir haben doch hier zusammen gearbeitet, hier in diesem Haus,

dem Asbest EMIL. European Mind Learning. Wir haben Radio gemacht, Sie und ich. Wir waren verliebt in Stimmen. –
Aber auf so was reagiert er nicht. Er ist durchgeknallt. Irgendwann. Plaff.

Mittags kam Nadja.
Es ist unglaublich: Sie hat jetzt einen Nerz.
Wie eine Idiotin ist sie vor mir hin und her flaniert. Dabei hat sie entsetzlich gestunken. Und es war Mittag, ich konnte die Fenster nicht öffnen!
Sie haben gerade wieder eine Broschüre verteilt, deren Inhalt ich durchaus ernst nehme, wobei ich allerdings auch ohne die Broschüre mittags weder hinausgehen noch die Fenster öffnen würde. Sie ist also überflüssig.
Aber gerade hier in dieser Gegend ein altbewährtes Mittel. Auch früher hat sie uns schon vor der Petrochemie gewarnt, besser gesagt in Schutz genommen. Wusste man doch, was man zu tun hat, wenn ein Unfall geschah: Fenster schließen. Im Haus bleiben, nicht fliehen, da dies die Zufahrtswege für das Rettungspersonal verstopfen könnte. Radio einschalten. Keinen »innerhäuslichen« Sport treiben, wenig bewegen, Panik vermeiden.
Heute ist das einfach. Die Temperatur regelt alles. Niemand, der Fenster hat, öffnet sie am Tag. Und keiner betreibt »innerhäuslichen« Sport, was auch immer das sein sollte, die Morgengymnastik oder die gelegentlichen 10 Minuten auf dem Hometrainer. Nur ich bilde manchmal eine Ausnahme,

aber auch erst gegen Abend und dann doch zumeist außerhäuslich. Und Panik taugt auf Dauer eh nicht, das wissen inzwischen alle. Jedenfalls ist es so, dass sogar die, die in den Kellern leben, die Türen geschlossen halten.

Nur Nadja kann es mal wieder nicht, sie hat sich ja auch schon früher an nichts gehalten, wenigstens an nichts Offizielles, höchstens an einen Kerl.

Und genau so was hatte sie auch mitgebracht. Linientreu, gewissermaßen, der eigenen. Sie kam mit einem Stricher.

Flanierte mit dem Mantel vor mir auf und ab: Schau nur! Ist er nicht phantastisch. So weich, so leicht, so warm.

Wir haben heute 38 Grad, sagte ich.

Nerz wirkt wie ein Puffer, antwortete sie, sich drehend und mit dem Mantel wedelnd wie mit einem Segel. Und außerdem geomantisch. Schutz vor Erdstrahlen! Nicht unwichtig, meine Liebe, glaub mir das!

Ich weiß gar nicht, wann ich Nadja kennen gelernt habe. Sie war die Frau eines Kabarettisten und Liedsängers, Kabarettisten haben etwas übrig für Huren, mehr und realistischer als andere Männer, die deren Leben immer nur verbrämen. Kabarettisten verlieben sich wirklich, ich kenne tatsächlich drei Männer dieser Berufsgruppe, die eine Hure geheiratet haben. Sie war eine davon. Er hatte ihr einen Juwelierladen geschenkt, das »Schmuckdöschen«. Aber da ging sie nie hin, das ließ sie andere machen. Nadja hatte zwei Söhne von ihm. Bei einer Geburtstagsparty hatten es diese beiden Wesen, es waren Zwillinge, geschafft, den Abend über, unbemerkt im Garten, alle meine Blumen auszugraben und sie zu zerstören. Der Kabarettist hatte mir damals ein Hackebeil aus einem dieser Gourmetküchenzubehörshops geschenkt. Er hatte mit seinen Söhnen noch nicht mal geschimpft. Ich hingegen hätte sie am liebsten mit nämlichem Gerät erschlagen.

Ich glaube, damals sah ich Nadja zum ersten Mal, sie hatte irgendwas sehr enges mit vielen Ketten an, um ihre Söhne hatte sie sich gar nicht erst gekümmert.

Ich sagte, geopathisch heißt das.

Sie grinste bloß.

Und das hier, das ist Stasiek, mein neuer Schatz. Wie findest du ihn?

Sie griff ihm zwischen die Beine.

Das ist ein Mann, sag ich dir, was meinst du, was der alles kann!

Ein Mann mit einer Visage, als säßen ihm chinesische Stäbchen quer im Mund. Wobei seine Füße eindeutig längs dazu standen. Sie steckten in weißen Cowboystiefeln, wenn es das gibt, dann hatte er Schuhgröße 58. Zwischen seinem breiten Grinsen, oben, und seinen langen Schuhen, unten, saß in der Mitte sein Geschlecht. Eine Art Knoten, ein Hügel, ein Berg. Weiß. Ein Berg in Jeans mit Tressen aus Gold und unbedingt sein Zentrum. Der feste Griff von Nadja, dieses entschiedene Zupacken, hatte es noch wachsen lassen.

Mit dem Kopf machte der Typ weiter nichts als Nadja zu folgen, und die lüftete jetzt vor mir ihren aufgetakelten kranken Leib.

Ein Nerz! Und jetzt noch eine Perlenkette!, rief sie, so eine, die bis auf den Boden geht und echt ist, ich trag sie auf der nackten Haut und darüber ein Chiffonkleid und um den Kopf ein Stirnband aus Strass. Ich rufe das goldene Zeitalter aus!

Das ist hundert Jahre her!, entgegnete ich.

Sie hatte kein Chiffonkleid an, sondern einen kurzen, glänzenden Rock. Keinen Rock, eher einen breiten Gürtel, an den Innenseiten der Schenkel war die Haut ganz rot, wahrscheinlich ein Ekzem. An den Füßen Stilettos, sie waren dreckig, obenrum ein geschnürtes Bustier und darüber dieser Nerz, mit Schalkragen, weit geschnitten, herrlicher Fall, in der Tat ein eleganter Mantel. Mir fiel ein Lied von früher ein: Ein Nerz ging durch die Wüste ... (zu singen nach der Melodie von »Mein Hut, der hat vier Ecken ...«)

Hier war das, hier in meinen Räumen. Ich rieche sie immer noch.

Sie stakste zwischen meinen Kisten und Regalen umher, ich starrte aber nur auf den Mann. Ich habe nichts gesagt. Sie pries ihn unentwegt an. Eine Rede über Hoden- und Schwanzqualität, Länge, Umfang, Beschleunigung, Schnelligkeit, Ausdauer und Abschuss. Und das alles mit wedelndem Mantel und dazwischen immer wieder dieser Griff an sein Geschlecht.

Sie fasste es wie eine Ware an, wie einen Kürbis vielleicht, Flaschenkürbis, länglich, oval, und mit einem großen Wohlgefallen, das, was sie in der Hand hielt, auch wirklich herzuzeigen: Es war ihres, sie hatte es erworben, sie bot es feil. Das war Lust, was ich da vorgeführt bekam, es war die Lust zu handeln, ein Geschäft zu machen mit ihm, und sie war stolz, dass er so gut war.

Ich glaube, ich habe viel verstanden in diesem Moment, was ich vorher noch nicht verstanden hatte, weil man es mit Schande belegt und mit Moral bewertet, dem schlechtesten aller Maßstäbe. Ich meine nicht das Tun (dafür habe ich zu viel hinter mir, um so zu denken), ich meine das Handeln, wie es funktioniert und was dazu gehört und dass es mit Menschen nicht anders geht wie mit ein paar Metern Stoff.

Und um was sie handelten, das war ich.

Ich lehnte gegen meinen Schreibtisch, hielt mich mit den Händen rücklings an der Platte fest, das kann doch nicht wahr sein, dachte ich, aber es war so: Sie meinten mich, sie wollten mich. Ich war die Währung, ich war das, was fließen sollte. Genau genommen war das ein Anschlag. Die beiden waren zum Vernichten gekommen. Und das Schlimme war: Sie wirkten. »Ménage à trois«, hatte Loretta immer gesagt, auch so ein Luder, »stell dir vor, sie wollten eine Ménage à trois.«

Ich hatte schon lange keine Lust mehr gehabt, es war auch gar keine Lust, es war Geilheit … Nadja, und wie sie ihn herzeigte, sein blödes, offensives Grinsen dazu … es wirkte. Allerdings wurde mir gleichzeitig schlecht. Als würden sie mich vergiften. Das kann nicht wahr sein, dachte ich wieder, es macht keinen Sinn. Es ist vielleicht doch nur ein Spiel. Sie spielen.

Es gibt einen Hebel irgendwo, ich schalte ab. Oder einen Code, ein Geheimwort, irgendein Verschwinden musste her.

Eine falsche Bewegung und sie hätten mich gehabt, das bisschen Rest, das ich noch darstelle. Ich hätte alles mit ihnen gemacht, alles, bis zur Auslöschung.

Aber dann hat der Kerl an die Akten gepackt, das war's, da hab ich mich gefasst.

Ich schrie ihn an, Nadja zeterte, der Typ buckelte und suchte sofort bei ihr Zuflucht. Sie nahm ihn unter das Mäntelchen, währenddessen schob ich sie schon rückwärts raus. Sie waren erstaunlich willig. Vielleicht gab ich ihnen deshalb im Flur noch ein Glas Gurken mit, sie haben sich bedankt. Bis ins Treppenhaus habe ich sie geschoben, bis an die Stufen, um sicher zu sein, dass sie auch gehen. Ich habe ihnen nachgeguckt, sogar gewunken: ja, okay, es ist gut, ja, okay, ihr könnt die Dinger haben. Esst sie, sie sind gut, »Mutters Beste« sind immer gut, I a. Dann bin ich zurück in meine Räume gestürzt, habe die Tür hinter mir zugeschlagen, habe mich gegen sie gelehnt, mit dem Rücken gegen sie, bin runtergerutscht und habe gestöhnt. Vielmehr: Ich habe stöhnen wollen. Doch der Ton war weg, meine Stimme.

Nur ich, die Tür, der Druck dagegen und meine feuchten Beine. Ich war feucht zwischen den Beinen!

Dann habe ich die Fenster aufgemacht, Scheißbroschüre, aber das änderte nichts. Tagsüber dringt die Luft noch nicht mal ein, sie regt sich einfach nicht, sie steht.

Hatte ich es nicht sofort erkannt?

Oder weiß ich es erst jetzt, da ich es schreibe: Sie waren zum Handeln gekommen, das ist richtig. Aber es ging um die Gurken, nicht um mich.

Ich habe immer noch Mengen davon. Sie sind mein einziger Schatz, ich sollte sie wegschließen, man kann Tauschgeschäfte mit ihnen machen. Man kann Leute mit ihnen loswerden, man kann sie essen, selber essen, unentwegt. Sie sind gesund. Dass ich das noch erlebe, die Gurken, »unsere Gurken« retten mich. Wenn Mutter das wüsste! Unsere Gurkenfabrik!

Später kam das Kind nach Haus. Wieder mit Rohren. Sie reißt sie aus zerschlagenen Wänden. Es ist mir ein Rätsel, wie sie das schafft. Aber bald wird auch hier alles voll sein, und was dann?

Sie sagte, ein Junge hätte ihr den Ranzen zertreten. Sie hat überhaupt keinen Ranzen. Sie sagt Sätze von gestern und gipst in Wahrheit Abflussrohre ein.

Ich frage sie, ob sie essen will.

Sie will.

Wir essen bei ihr, es gibt Gurken und Toast. Ihre Hände sind kalkig. Sie guckt mich nicht an. Sie schaut auf ihr Werk. Sie muss weitermachen.

Ich gehe in mein Zimmer und nun sitz ich wieder hier.

Gestern fand ich einen Brief von Stalin in den Kisten. Es ist unglaublich, ein Brief von Josef Wissarionowitsch Stalin! Weil mir irgendwelche alten Weiber, die ihre Geschichten nicht loswurden, ihre Nachlässe angedreht haben. Geschichten, von denen ich glaubte, dass sie wichtig wären. Leben. Kostbares Leben. Wagnis, Abenteuer, Liebe.

Ich habe ihn unter »Witze« einsortiert. Heute gleiten meine Hände über blaues Papier. Air mail, par avion, attentione, nicht knicken, nicht brechen.

Dangerous, hochexplosiv. Und zu spät, im Wesentlichen zu spät. Viel zu spät. Viel zu spät habe ich erkannt, was ich hätte sagen müssen.

Es hätte nichts genutzt.

Insofern ist es egal, wann man etwas macht.

Auch habe ich immer noch an Flucht geglaubt. Dass man doch weg kann, irgendwie.

Nebenan lacht sich Reba kaputt.

Ich frage, was sie hat.

Sie denkt an lustige Dinge.

An was denn?

Wie sich der Papa einmal eine Scheibe Käse auf die Glatze gelegt hat.

Und dann kommt wieder die Nacht, lässt sich fallen wie ein Tier. Es wird heißer.

Wir gehen umher, alle gehen umher. Zwischen zwei Häusern sitzt der Mond fest. Ein paar Läden sind auf, andere sind zu. Die, die offen sind, sind zerschlagen und leer, es hat viele Plünderungen gegeben. Meistens brennt aber noch irgendein Licht.

Man denkt an Wörter wie: DVD oder Pizza oder »hier war der Thai«. Oder an andere, kompliziertere, wie Luv und Lee – Vokabular einer Fremdsprache, einer Sprache der Luft –, sie huschen durch den

Kopf, eine echte Herausforderung, an ihnen hängen Erinnerungsschichten, Bilder vom blauen Meer, viel zu schwer für diese Nächte, viel zu gewagt. Wir taumeln davon.

Vor ein paar Wochen ist es noch vorgekommen, dass sich Menschen wegen eines Ventilators gegenseitig fast erschlugen. Das macht jetzt keiner mehr. Die Dinger sind gefährlich, sie töten. Man hält es nämlich danach nicht mehr aus. Es ist als ob ein halb Verhungerter ein ganzes Tier verschlingt oder man in der Wüste einen Eimer Wasser trinkt.

Es ist anders.

Ich denke an die Wüste.

Die Wüste ist aus Sand und gelb, ein gelber Kreis. In der Mitte steht ein Mensch. Manchmal kommt ein Kamel vorbei mit schwankenden, dicken Höckern. Ich schlitze sie auf. Brühe fließt raus, Wasser und Fett, süßlich.

Alles Lügen.

Weder gibt es Arbeit noch Nahrung, jedenfalls nicht wirklich. Mir ist kein Ort mehr bekannt, der einem Geschäft gleicht.

Was es gibt, sind die Zettel und die Zeit, das Kind, die Gurken und die Hitze.

Die Hitze hat bereits vor mehreren Monaten eingesetzt, acht vielleicht oder zehn.

Oder noch mehr. Davor gab es Wirbelstürme und in der Folge Überschwemmungen. Die Stürme zogen über den ganzen Kontinent, sie ließen Flüsse übertreten und Deiche brechen, Seen verwandelten sich in ganze Meere. Es war überall das gleiche Bild, ein von Verwüstung und Schlamm geeintes Europa. Und dieses Bild unterschied sich von den Aufnahmen, die wir von früher aus dem Rest der Welt kannten, von Thailand, Indonesien, Australien, Japan, Costa Rica, Florida und Bangladesch, höchstens noch durch die Gesichtszüge der Menschen: die Asiaten, z. B., das war immer so weit weg. Außerdem schwammen bei uns mehr Autos herum, bei ihnen sah man eher dünne Kühe.

Die Meteorologen sagten, sie hätten es eigentlich schon immer gewusst, das Wetter entwickle sich chaotisch. Es gäbe Sprünge in der Evolution. Und tatsächlich hatten sie es schon immer gewusst, einige von ihnen hatten es sogar gesagt. Ich habe ihre Artikel ja ausgeschnitten, ich habe das Zeug ja eine Zeit lang gesammelt.

Nachdem wir alles wieder und wieder tapfer aufgeräumt hatten, sind wir also nun gelandet: Der Sprung in der Evolution ist vorbei, wir sind aufgekommen. Wir sind am Boden. Dies ist eine neue Zeit. Und ich halte sie fest. Das habe ich mit der alten auch schon gemacht, aber ungenau, höchst ungenau. Das muss jetzt besser werden. Früher hatte ich aber auch nicht so viel Überblick, ich lebte in einem Reihenhäuschen in der Vorstadt.

Jetzt, hingegen, kann ich die Zeit am Horizont sehen. Sie ist blau und prangt an einem Hochhaus, an einem noch höheren Hochhaus als unserem EMIL. An dem höchsten Hochhaus der Stadt. Man hat sie eckig erschlossen. Wenn sie sich nicht selbst anzeigt, dann sagt sie, wie es der Welt geht. Die Welt hat Fieber: 42°. Dann zeigt sie schnell wieder sich selbst an. Sie sagt, sie sei 09.15.

Unten im Foyer gibt es auch eine Zeit, sie spricht wirklich. Mit der Stimme der automatischen Datenfrau. Außerdem gibt auch sie die Lage durch, allerdings differenzierter. Wahrscheinlich würde die Stimme der Zeit im Foyer jetzt sagen: Dienstag, 12. August – glaub ich jedenfalls –, Uhrzeit: 09.15, Temperatur: 42°, Ozonwert: so und so viel – ich denke um die 380, Zustand des Himmels: klar.

Das Jahr sagt sie nicht, man könnte vermuten, dass sie gebildet ist. Sie weiß um die Vagheit der Werte. Bei den Mayas wären wir vielleicht in der dritten

Wiederholungsschlaufe, bei den Juden weiter voraus und somit länger da, die Moslems feuern ihre Raketen bekanntlich auch an anderen Tagen ab als wir, ganz zu schweigen von den Buddhisten. Was soll sie also sagen. Die Menschheit hat es nach Tausenden von Jahren geschafft, sich auf eine Uhrzeit zu einigen, die zwar von Ort zu Ort verschieden ist, aber doch eine gemeinsame Basis hat. Keineswegs einigen konnte sie sich auf ein Jahr. Die Herkunft der Zeit bleibt also fragwürdig, ungenau. Wie soll sie denn da ein Bewusstsein haben. Zum Bewusstsein gehört Geschichte. Aber die Zeit lebt einfach nur im Jetzt. Also weiß sie den Ozonwert, den jetzigen, den aktuellen, und den meldet sie und neuerdings, damit wir wissen, wie stark wir uns einschmieren sollen, verrät sie uns auch den Himmel.

Ich sollte natürlich genauer sein, wie ich es mir vorgenommen habe, es ist nicht die Zeit, es ist ein Gerät. Und es klappt nur, wenn man unter der noch immer funktionierenden Lichtschranke her zur Eingangstür geht, die in diesem Fall eine Ausgangstür ist, denn der Melder ist innen.

Er meldet.

Geht man wieder einen Schritt zurück, meldet er noch mal.

Geht man wieder nach vorn, meldet er noch mal.

Wieder zurück: noch mal.

Ich vermeide es, ins Foyer zu gehen.

Ich will die Zeit nicht über mir von einem Gerät verkündet wissen. Ich will sie vor mir. Und ich will sie nicht hören, ich will sie sehen.

Ich schreibe sie nämlich auf. Wenn etwas einen Sinn hat, dann das. Als eine Form der Wiedergutmachung. Und einer muss es ja tun. In diesem Fall eine. Und außerdem gibt es einfach Aufgaben, vor denen man sich nicht drücken kann. So eine habe ich jetzt.

Ich wische die alten Blätter mit dem Ärmel weg, sie fallen auf den Boden, nehme einen Stapel von dem weißen Papier und da ist es 09:18, ich schreibe es auf, wie viel Grad: 42°, ich schreibe es auf, der Himmel: wolkenlos, den nehme ich mit hinzu, 09:19, schreibe es auf, schaue hin, 42° die Anzeige, warte 09:20, schreibe es auf, warte, schaue hin, wie viel Grad? 42°! Sehe den Himmel, :20, jetzt :21, schreibe es hin, 42°, sehe die Schrift, meine, genauer, sie ist von Hand, Sorgfalt, :22 jetzt, wie sie vergeht, schnell, konzentriere mich, schreibe weiter, wie lang? :23, Sorgfalt, 41° zeigt sie jetzt an, Veränderung, die Hitze: 41°, das Fieber, :24, sinkt, 09:24, das Fieber sinkt, meine Schrift ist zu groß, nächste Seite, klebt an der Hand, noch immer 41°, warten, 09:24, jetzt :25, das Fieber sinkt, nein, es steigt wieder, 42°, ein Irrtum, 09:26, so werde ich schreiben, eine Seite, zwei Seiten, drei Seiten, 09:28, nicht nachlassen, bis heute Nacht, 42°, :30, 09:30, komischer Schmerz in der Hand, :30, 42°, festhalten, viel zu früh, nicht jetzt schon auf Seite zwei, es heißt durchhalten, die Zeit ist blau, blau, ganz blau, wie der Himmel, wolkenlos, :31, und jetzt auch wieder 41°, scheint zu schwanken, muss kleiner schreiben. Wird interessant, sehe auf, jetzt fehlt glaube ich was, nein, schon wieder 42°, jetzt 41°, jetzt fehlt wieder etwas, was ist es, ein Strich?

:32, nein, nur :3 – die Zeit ist blau, sie kommt mir blass vor, ich irre mich nicht, sie wird blasser, entsetzlich, 4, jetzt kommt nur die 4, was erlebe ich hier, ich, just hier, sieht jetzt aus wie Wasser, das müssen meine Augen sein, 4, jetzt :3, den Himmel wollte ich melden, immer blasser, wie grau, die Zeit wird dünn, sie wird, jetzt 4, aber das ist die Temperatur, immer dünner, blinkt, jetzt ist sie wieder da, 09:34, wie trostreich und bricht weg, blinkt, 4, nur vier, ohne Grad, die 1 ist auch weg, die 2, 09:, blinkt, wird blass, was erlebe ich hier, ein historischer Moment, das Verschwinden der Zeit, es muss etwas Technisches sein, meine Augen, 09:, sind es nicht, 4, ohne Grad, 09:, allerdings keine Kunst, Kunst braucht den Abstand, verwandelnden, 09:, Abstand, sie blinkt, der Doppelpunkt, danach kommt Erkenntnis, hat der Deutschlehrer immer gesagt, wird dünn, jetzt geht auch die 9 oben weg, oder nicht? Was mach ich denn dann, ein Happening? Grau, nichts, keine 4, wo ist die 4, noch ein Blinken, und nun dünn. Und weg. Es ist aus, sie ist weg. So schnell geht das. Wohin? Einfach weg. Sie ist weg, weg. Warum hab ich das getan? Gerade jetzt?

Das möchte ich nicht, ich möchte das jetzt nicht erleben!

Der Strom ist es natürlich nur. Der Strom ist aus, die Zeit ist weg. Sie ist einfach nicht mehr da.

Was soll ich jetzt schreiben?

Gescheitert. Wieder einmal.

Natürlich war das Kind nicht im Fahrstuhl, es kommt immer erst am Abend.

Trotzdem bin ich als Erstes nach draußen gerannt. Er stand halb offen in der 14. Etage.

Dann habe ich Kerzen aufgestellt, so viel ich hatte, und Batterien rausgelegt. In der Küche noch zwei kleine Gaskartuschen für den Campingkocher rausgeholt. Wenn der Strom weg ist, wird es nämlich ernst. Und wie. Die Stromausfälle häufen sich und sie können lange dauern.

Dabei beschäftigt mich immer mehr die Frage nach dem Wasser.

Wie kommt es hier rauf in den 18. Stock, wenn keine andere Energie mehr da ist. Wo kommt der Druck her? Macht das nicht der Strom? Oder wird das Wasser quasi nur gequetscht, geht das mechanisch. Wieso weiß ich so etwas Zentrales nicht. Früher gab es Jugendbücher: »Wie funktioniert das?« Ich suchte danach, ich hatte so etwas einmal. Aber ich fand kein Buch »Wie funktioniert das?«.

Zur Sicherheit füllte ich zwei Eimer und ein paar Schalen mit Wasser, es dauerte lange, der Druck war schwach, vielleicht weil das jetzt alle machten zur selben Zeit. Irgendwie sah es braun aus.

Kurz darauf war der Strom schon wieder da. Aber die Uhr am Horizont ist kaputt. Im Fernsehen haben sie

29

vorhin gesagt, es hätte einen Stromausfall gegeben in der gesamten Region. Als hätten wir das nicht gemerkt.

Wir haben das Fernsehen erschlagen. Es war Rebas Idee, wir haben es mit ihrer Axt gemacht. Es hat Spaß gemacht. Es hat geknallt, gezischt, gepufft, gestunken, es war gut. Aber nicht nötig.

Vorhin kam Herr Donati rauf und sagte, sie senden sowieso nicht mehr.

Herr Donati hatte ein Marionettentheater. Gespräche mit Herrn Donati haben eine Grundregel: Es ist immer er, der sie eröffnet, und sie verlaufen ziemlich gleich, nämlich so:

Wissen Sie eigentlich, dass ich ein begnadeter Schauspieler war?, fragt er.

Ja, ich weiß es, antworte ich dann. Ich habe Sie gesehen, aber …

Kein »aber«, schreit er, ich war ein begnadeter Schauspieler. Auch wenn man das in meiner Funktion nicht sofort erkannte, weil ich immer drüberstand. Erst auf der Bühne selbst konnte ich zeigen, wer ich bin. Ich habe mich verwirklicht, hineingegraben in das Angesicht belebter Schwärze. »Publikum«, sagen sie, »Publikum«, wie albern. Als sei dort irgendetwas öffentlich, publik. Nichts ist so privat wie das Theater. Privat?, was sage ich, intim. Jeder ist dort absolut für sich. Weshalb man sie ja zwingen muss. Hinsetzen auf die Stühle und zwingen muss man sie. Dass sie endlich einmal von sich selbst absehen, und indem sie dieses tun, sich doch wiederum selbst ansehen. Paradox, aber so ist es, das Intimste, glauben Sie mir das, geht nur in der Menge. Schauen Sie hier auf mein Kind in der Karre. Sehen Sie es? Ich schiebe es.

Ja, Herr Donati, ich weiß es. Aber Sie sollten es …

Ah, ich hab so gern gespielt. Wissen Sie, dass es am selben Tag geboren wurde, an dem mein Vater starb?

Oh, das ist ja … nein, das ist mir neu, das hab ich noch nicht gewusst.

Und dass ich an diesem Tag ebenfalls Geburtstag habe? Zwei Leben für einen Tod. So was nennt man gemeinhin Rache. Aber hier ist es umgedreht, ist das nicht herrlich: zwei Leben für einen Tod. Derselbe Satz und doch das absolute Gegenteil. Und wie sehr weist dies auf unsere Kunst hin. Es kommt nicht allein auf die Worte an, es kommt drauf an, was wir aus ihnen machen. Man kann sie so betonen, man kann sie aber auch anders betonen. Die ganze Welt, Frau, ist eine Frage der Interpretation. Mein Kind ist auch ein Künstler, sehen Sie, dass es immer dünner wird? Sehen Sie das?

Ja, Herr Donati, ich sehe es. Seine Narbe ist geschwollen.

Da haben sie es aufgeschnitten. Gesägt, Frau. Eine Klappe in den Kopf gesägt. Wussten Sie, dass man am Hirn nichts fühlt? Nur an der Schädeldecke? Es musste sein, sie haben es operiert, es musste sein.

Schieben Sie es aus der Sonne, Herr Donati. Ich hab es Ihnen schon so oft erklärt. Sie dürfen es nicht in die Sonne schieben. Die Sonne schadet!

Die Sonne schadet! Die Sonne ist eine Göttin, Frau! Haben Sie mich als Dichter gesehen?

Ja, Sie wissen es doch, ich habe Sie gesehen, ich habe Sie oft gesehen, alles, aber die anderen Rollen …

War ich, war alles ich, Frau. Sie haben es aufgeschnitten, es ist wieder zugewachsen, und nun muss es heilen. Und wer, wenn nicht die Sonne, wie soll das Kind wachsen …

… Es hat sich verändert mit der Sonne, Herr Donati. Sie ist nicht mehr die alte.

Nie, niemals, nicht die Sonne. Die Sonne bleibt. Sie haben meinen letzten Abend gesehen, nicht wahr?

Ja.

Es war schlimm, Frau. Es war wahrhaft schlimm.

Ja, Herr Donati.

Sie haben meinen Krampf gesehen?

Ja. Ich sah ihn.

Schauen Sie nur, meine Hände, sie stehen immer noch so. Es war das Gewicht. Das unwahrscheinliche Gewicht. Das Gewicht meiner Rollen. Es zog mich hinab. Ich hatte gute Rollen. Standkreuz, Spielkreuz.

Wann gehen Sie los, Frau? Sie gehen doch los, oder?

Herr Donati, schieben Sie doch bitte das Kind endlich aus der Sonne. Ich bitte Sie!

An dieser Stelle werde ich regelmäßig handgreiflich. Ich ziehe ihm die Karre weg, und er muss nebenherlaufen.

Sie haben es gesehen. Sie waren dabei. Werden Sie mich mitnehmen, Frau? Mich und das Kind?

Ja, das werde ich.

Wo treffen wir uns?

Bei mir.

Dann nimmt er mir die Karre ab, auf Wiedersehen, Frau. Meine Verehrung.

Noch eins, zum Vergleich:

Frau?
Was wollen Sie?
Sehen Sie mein Kind hier in der Karre? – Es ist dünner geworden.
Es sieht schlecht aus. Sie dürfen es nicht so viel herumschieben. Ich sag es Ihnen immer wieder! Die Luft …
… Die Luft! »Wir wandeln alle in Geheimnissen. Wir sind von einer Atmosphäre umgeben, von der wir noch gar nicht wissen, was sich alles in ihr regt und wie es mit dem Geiste in Verbindung steht.« Goethe, Frau.
Die Atmosphäre hat uns im Stich gelassen, Herr Donati, sie ist nicht mehr gut. Sie müssen Ihr Kind drinnen halten!
Aber Frau, was ist das: drinnen? Und wo? Für einen Schauspieler gibt es kein Drinnen und kein Draußen. Wir sind doch die Membran, die trennende und zugleich verbindende, und schwingen, schwingen nur noch. Wie das Universum, wussten Sie, dass das Universum eine Grundschwingung hat? Man kann sie sogar berechnen. Es ist dieselbe wie die für gutes Spiel! Sie haben meine letzte Aufführung gesehen. Genial, sie war genial, nicht wahr? Das hatte noch keiner gemacht!
Ich habe alle Ihre Aufführungen gesehen, Herr Donati.
Ich war der Dichter. Mein Kind spielt auch. Es spielt krank. Sehen Sie, wie es sich in die Rolle hineinbe-

gibt. Es ist wie ich. Wussten Sie, dass es am gleichen Tag geboren wurde wie ich?

Ja, Herr Donati.

Sie wussten es.

Sie sagten es bereits.

Wir machen alles richtig, nicht wahr?

Ich denke. Aber Sie dürfen nicht so viel rausgehen mit dem Kind und es vor allem nicht immer in die Sonne schieben.

»Einst, wenn ich mich recht erinnere, war mein Leben ein üppiges Fest, da öffneten sich alle Herzen, da flossen alle Weine«, einfach grandios, nicht wahr?

Mit Puppen gespielt, Frau. Mit Puppen! »Eine Zeit in der Hölle«!

Und wann gehen wir los? Wir gehen doch los, oder?

»Um die vierte Stunde des Sommertags
Darf Liebe noch schlafend liegen,
Unter Gehölzen verfliegen
Die Dünste des Abendgelags.

Drüben auf ihrem breiten
Bauplatz, in hesperischem Licht,
Hemdsärmelig, rührn sich
Die Zimmermannsleute

In ihrer Wüste aus Sägespänen,
Wo sie die edlen Hölzer verschalen,
Sorglos, auf denen
Die Stadt falsche Himmel wird malen.«

Sie reparieren tatsächlich die Uhr.
Sie versuchen es zumindest. Vier Männer machen
sich dort zu schaffen, soweit ich sehen kann. Vier
schwarze Gestalten, ich muss zugeben, es könnten
auch Frauen sein. Sie sind alle vier schlank. Aber
kaum repariert jemand was, oder vielmehr macht
sich an etwas zu schaffen, denkt man: Mann.
Der Satz: »Vier Frauen machen sich dort zu schaffen« hört sich noch immer gezwungen an. Post-
sozialistisch. Wenn man bedenkt, dass es das tatsächlich einmal gab: Vier Frauen reparieren etwas.

War es selbstverständlich oder hat es nur so getan? Dass sie schlank sind, beweist allerdings nichts. Das Geschlecht lässt sich nicht am Fett erkennen. Eher schon am Wuchs, am Bau.

Sie haben Kappen auf. Auch das Haar ist kein Indiz. Schon lange nicht mehr, und war es das je? Haben Frauen und Männer es nicht schon immer gleichermaßen benutzt, zum Spielen, für den Schein? Den Schein des Selbst. Das Haar ist nicht wir. Obwohl es aus uns herauswächst, wir fühlen es nicht. Und nichts vermittelt es uns vom Zustand der Welt. Und doch kann es plötzlich weiß werden angesichts des Schreckens. Fühlt es dann nicht doch? Ist es dann nicht sogar mitfühlend, mit uns fühlend? Mitgefühl in seiner reinsten Form, ohne Forderung, nur Ausdruck?

Ich denke, es ist Mittwoch heute. Es könnte auch Donnerstag sein. Und ich muss mich korrigieren: Sie reparieren nicht, sie laufen dort nur herum. Um die Uhr herum. Und was hesperisch ist, das weiß ich nicht genau, ich kann es nur vermuten: abendländisch. Abendländisches Licht. Untergehend. Selbst wenn es Mittag ist und gleißend hell. Das Abendland geht unter.

Donati läuft durchs Treppenhaus und rezitiert lauthals. Er hat Recht. Es war die Schönste seiner Aufführungen, die Gewagteste. »Une Saison en Enfer«. Konsequent. Davon gibt es keine Steigerung. Der Dichter als Puppe an blutroten, sichtbaren Fäden, er hatte die Schnüre mit Wolle umwickelt.

Ausgesehen hat der Dichter wie sein Kind. Sein Kind, das keine Haare mehr hat.

Ich weiß nicht, was zuerst da war, die Krankheit oder das Stück. Als ich es sah, kannte ich Donati noch nicht persönlich. Ich bin nur in alle seine Stücke gegangen. Ich habe sein Theater geliebt. Es war in einem Hinterhof neben einer alten Metzgerei. 12 Reihen à 8 Plätze. Steil hinaufschießend, die Reihen, man hatte das Gefühl, an einem Hang zu sitzen, am Rande eines Tals oder auf der Kuppe eines Hügels. Und die Bühne, klein, spitz nach hinten zulaufend, darüber das Gerüst für die Spieler. Unsichtbar für das Publikum, bis auf das letzte Stück, da sah man alles und sollte auch alles sehen, vor allem ihn.

Immer haben die Puppen eine komplette Welt gebildet, alles war möglich.

»Aus der Hüfte raus, die Marionette lebt aus der Hüfte, nicht wie diese Trippel-trappel-Puppen, diese eiernden, albernen Wesen mit dem Schwerpunkt in den Füßen.«

Das Kassenhäuschen im Foyer war so eng, dass die Frau, die darin saß, kaum das Geld kassieren konnte. Es war seine Frau. Das weiß ich erst seit kurzem. Eine ausdruckslose, aufgedunsene, blasse Frau. Man hätte niemals gedacht, dass es seine Frau war, die Ehefrau. Man hat etwas Lebendiges an seiner Seite vermutet, aber wen sich Menschen erwählen, da staunt man ja oft. Ich habe sie immer nur in dem Häuschen gesehen. Und in dieser Enge saß sie auch noch auf einem niedrigen Stuhl, oder sie muss sehr klein gewesen sein. Ich habe immer nur ihren Kopf und ihre Schultern gesehen. Und die Finger, die das Wechselgeld zusammenwischten, auf den Drehteller legten und unter der Glasscheibe durchschoben. Sie drehte den Teller nicht, er war festgestellt, längs zur Scheibe, sodass sie die eine Hälfte für das Geld benutzen konnte, die andere für die Karten. Neben ihr stand ein Telefon, es war alt, ein Schnurtelefon, daneben lag das Buch für die Reservierungen. Es gab nichts Elektronisches, man konnte auch nicht mit Karte bezahlen. Manchmal hatte die Frau eine Strickjacke über die Rückenlehne des Stuhls gehängt. Immer habe ich geschaut, ob ich noch etwas anderes da drinnen entdecken kann. Einmal sah ich eine Thermoskanne und einen Becher, mehr nie. Das Häuschen war ein Anbau im Foyer. Über einer Glasscheibe stand das Wort »Kasse«. An den Seiten hingen die Plakate der Aufführungen. Zwei Plakate, das der aktuellen Aufführung und das der kommenden. Nichts Altes. Links war die Tür, ja es gab sie: drei Linien, oben eine horizontal und zwei vertikal, dünn, wie von einem Teppichmesser eingeritzt. Winzig kleine Scharniere blinkten an der einen Seite auf, an der anderen in der Mitte an der Linie nach unten war weiter nichts als ein fingergroßes Loch. Keine Klinke, nur ein Loch. Wenn sie ihren Finger dort durchsteckte, konnte sie die Tür auf- und hinter sich wieder zuziehen. Es gab keine Abnutzungsspuren, nichts, gar nichts.

Dann war das Kassenhäuschen plötzlich leer, die Scheibe zugeklebt. Es schien diese Frau nicht mehr zu geben. Schon vor dem vorletzten Stück war sie weg. Ein junges Mädchen verkaufte statt ihrer die Tickets direkt vor dem Eingang, stehend, sie hatte Turnschuhe und ein Faltenröckchen an.

»Lied vom höchsten Turm

Herbei, herbei,
Komm, Zeit der Liebe, sei.

So viel ich ertragen,
Ich habe es verwunden.
Schmerz ist und Verzagen

Zu den Himmeln entschwunden.
Und der zehrende Durst
Verfinstert mein Blut ...«

Ich habe sie alle gesehen, alle seine Aufführungen. Dass auch er jetzt hier gestrandet ist.

Erst hat er im zehnten Stock gelebt. Jetzt ist er im dritten. Wegen der Karre, nehme ich an. Sonst kommt er die Treppen nicht rauf.

Man kann übrigens eine neue Kindereinteilung vornehmen: Kinder mit Haaren und Kinder ohne Haare.

Die Männer drüben auf dem Dach sind jetzt weg. Vielleicht waren es auch Frauen, dann sind die Frauen jetzt weg. Waren es Männer und Frauen, dann sind beide weg.

Es gibt noch eine dritte Gruppe Kind: Das sind die abwesenden, die, die nicht da sind. (Nicht [mehr] da sind.)

Treffe heute Loretta. Loretta und ich, wir treffen
uns immer freitags. Sie erzählt mir dann von Ka-
tastrophen, das war schon immer so. (Heute ist
doch Freitag, oder? Ich habe länger nicht hier rein-
geschrieben.)
Um sie zu treffen, muss ich zum Fluss. Der Fluss ist
nah, ich muss einfach nur die Straße runter, über die
Uferpromenade, schon bin ich unten. Da wartet sie
dann mit ihrem himbeerroten, abstehenden Haar.
Es gibt verschiedene Rätsel, z. B. wo hat Loretta die
Haarfarbe her und woher hat sie das Gel? Und wie
viele Tuben Gel hat sie insgesamt schon in ihre Haare geschmiert und mit wie vielen Tuben hat sie es
noch vor. Wird sie sie finden, diese vielen Tuben?
Sie sucht aber keine Tuben, sondern ihre Kinder,
Tim und Sue. Seit ich Loretta kenne, sucht sie Tim
und Sue. Auch als sie noch da waren, hat sie sie gesucht.
Ihr fehlt einfach der Überblick. Aber sonst ist sie ein
guter Mensch. Als es einmal ganz kalt wurde – es
ist nämlich gar nicht immer heiß, manchmal ist es
plötzlich zwischendrin schlagartig kalt – und sie grad
bei mir schlief, weil sie zu viel getrunken hatte und
nicht allein nach Hause gehen konnte, da hat sie
mich mit einem Stuhl zugedeckt. Sie hatte nichts
anderes gefunden, sie war betrunken, aber sie sah,

dass ich zitterte. Es war auch nichts anderes da gewesen, ich hatte schon alle Decken über mir. Ich vergesse ihr das nie, es war grotesk, aber gut gemeint. Sie legte den Stuhl auf mich, kniete sich neben mich und rieb mir meine Hände. Ich hatte Schüttelfrost. Man schwitzt und friert in einem.

Ich wünschte, ich würde unterwegs eine Tube Gel finden. Da hätte ich was für sie. Es ist allerdings unwahrscheinlich. Man findet nicht mehr viel.

Wir werden uns also wie immer nebeneinander stellen, die Arme baumeln lassen – das ist mir einmal aufgefallen, dass wir beide, wenn wir uns etwas erzählen, die Arme locker hängen lassen, wo andere sie zumeist doch verschränken oder rumfuchteln damit –, und dann werden wir auf den Fluss schauen und reden. Über Projekte. Und über Männer. Manchmal auch über Kinder, aber meistens doch über das, was wir vorhaben, und unsere Gedanken dazu. Wie früher, da haben wir es auch so gemacht. Freitagmorgen, wenn andere schon ans Wochenende dachten.

Auch eine Art, die Zeit einzuteilen: 5 + 2.

5 schlimme Tage und 2 gute Tage – wenn es nur je geklappt hätte.

Grund der Einteilung ist die Sehnsucht nach Struktur, hat man die Struktur, sehnt man sich nach Freiheit.

Da wären wir also schon in einem Gespräch über Form, Festlegung und Zerstückelung, über Raum – denn Freiheit ist Raum – und Enge. Zugeschnürtheit, Eingebundensein. Über Möglichkeiten und

Unmöglichkeiten, ein schönes Gespräch, da bin ich firm drin, da könnte ich immer weiterreden. Aber Loretta wird an Aktionen denken, denn sie ist Künstlerin, Aktionskünstlerin.

Man müsste, wird sie sagen, man müsste es vorführen, eine Barbiepuppe zum Beispiel, eine Barbiepuppe zerteilen, auffädeln und ihre Glieder quer über den Fluss wegziehen. Verstehst du? Ganz klein. An einem Nylonfaden. Mehr nicht, nur das. Spannen von hier nach da und dann an so einer Winde. Ganz klein, verstehst du? Dekonstruktion, die Form verraten! Und nicht dick auftragen, eben nicht das große Spektakel, sondern da, wo es keiner denkt, zurückgeführt auf die kleinste Einheit, ästhetisierte und zugleich kommerzialisierte Winzigteilchen, da muss man ansetzen. Nuklear, Nukleus, verstehst du, und wenn sie das gesagt hat, dann wird sie irgendwann auch »minimalistisch« sagen, das sagt sie immer, das ist ihr Credo, nach wie vor, und dann wird sie auch irgendwann »ficken« sagen, das hat zwar nichts damit zu tun, aber das sagt sie einfach gern.

Und vielleicht, wenn wir so dastehen und reden mit unseren hängenden Armen und dem Blick auf den Fluss an der Brücke unten, an der man es machen könnte, die Sache mit der Puppe, dem Püppchen genauer gesagt, vielleicht kommt dann der Interviewer vorbei und fragt uns was. Oder Nadja im Nerz. Dann werden wir zu dritt da stehen. Ich werde vorschlagen, es mit Ken genauso zu machen, aber Loretta wird dagegen sein. Sie mag starke Kerle. Und Nadja erst recht. Und dann wird mich Loretta nach

R. fragen. Auch ohne dass ich Ken für die Aktion vorschlage, wird sie mich nach R. fragen. Die Tatsache, dass ich Ken vorschlage, wird die Frage aber noch forcieren, weil sie es als Affront ansieht, weil sie jegliche Bemerkung von mir, die auf starke Männer abzielt, als gegen sich gerichtet sieht, weil sie meint, dass ich sie verurteile wegen dieser ihrer Liebe (zu starken Männern eben). Es ist aber gar nicht so. Trotzdem wird sie nun verschärft nachfragen, ob R. sich endlich gemeldet hat, ob mir sein Aufenthaltsort bekannt ist, ob mir bewusst ist, wie unverschämt sein Benehmen ist. Ich werde aber lieber über Ken reden wollen, was sie umso heftiger nicht will, deshalb werden wir auseinander gehen, allerdings nicht ohne uns für nächsten Freitag wieder zu verabreden. Denn wir mögen uns.

Ich will nicht, dass man mich nach R. fragt. Es ist das Einzige, das ich nicht will. Wirklich nicht will. Alles andere ist egal.

Egal. Legal. Scheißegal. Egal wie 88 oder wie Mausekacke, hat Mutter immer gesagt, wenn sie »unfein« war. Wie Mausekacke, die ist hinten und vorne spitz.

Und wenn ich nach Hause komme, hierhin wieder zurückkomme, in dieses wunderschöne Hochhaus, in dem man wohnen kann, an dem man hochklettern kann, von dem man runterspringen kann, wenn ich hierhin nach Hause komme, die Treppen zu Fuß nehme, wofür ich exakt 27 Minuten brauche, eineinhalbmal so viel wie die Stockwerke, und wenn ich dann hier oben ankomme, reinkomme und mich auf

diesen Stuhl hier fallen lasse, der vor einem Schreibtisch steht mit Blick auf ein Fenster, auf ein Scheiß-
fenster, das man nicht öffnen soll zu bestimmten
Zeiten, dann wird alles anders sein. Weil Loretta,
diese Kuh, mich nach R. gefragt haben wird. Weil sie
gar keine Freundin ist, sondern eine dreckige, miese,
gehässige Kuh, die nichts anderes im Kopf hat, als
andere zu quälen, wo sie es bloß kann. Diese Idiotin.
Wenn man sich allein mal die Sache mit dem Stuhl
überlegt. Ein Stuhl. Zum Wärmen! Und ich bin auch
noch dankbar dafür! Und dann ewig diese blöden
Ideen. Barbiepuppen über einen Fluss wegziehen.
Sieht doch keiner. Viel zu klein. Schaufensterpup-
pe, das könnte ich mir vorstellen, das gäbe was her.
Aber so. Nur damit sie »minimalistisch« sagen kann.
Diese Kuh.
Mich erinnern!
Das ist der Tod, und sie weiß es.

Zum Glück fällt mir ein, dass ich ein Kind habe, ich muss also gar nicht weg.

Ich wecke es. Wir essen. Es gibt Leberwurst, die letzte Dose, und Knäcke dazu.

Mein Kind heißt Reba, und der Himmel ist blau. Sie sagt, dass sie raus will. Sie setzt die Hasskappe auf, ich umwickle ihr die Finger mit Mull, wir wollen leben.

Dann geht sie.

Ich treffe sie nie in der Stadt.

Sie wird aber wiederkommen und diesen ekelhaften Geruch an sich haben und schmierig sein. Fettig.

Sie wird etwas mitbringen, irgendwas, Rohre, Drähte, Gips, dann wird sie sich einschließen und bauen.

Neulich Nacht rief sie laut: Mama, ich liebe dich!

Die Tür stand offen, sie hatte Licht an. Ich bin schnell hin, um zu sehen, was sie hat. Sie lag aber nur auf ihrer Matratze am Boden und schlief. Ausgestreckt unter einem Laken. Sie schlief fest, und trotzdem bin ich sicher, dass sie gerufen hat. Wind strich durch die Fenster, ein böser Wind. Er hob das Laken, blies die Beine frei. Sonst war alles starr. Nur der Wind. Es muss ein Traum gewesen sein.

Es gab Zeiten, da sind wir in die Vorstädte gegangen, haben uns Bäume angeguckt, Birken, Pappeln oder Zypressen mit diesem verlogenen Geruch nach Süden. Wir haben Brombeeren gesucht oder Äpfel. Und sind dann stumm zurück.

Sie wollte aber nicht mehr. Und sie hat Recht. Hier, im Zentrum, ist es ehrlicher.

Trotzdem möchte ich manchmal fühlen, was ich gefühlt habe, als ich noch über sie redete. Anderen Geschichten erzählte von meinem Kind, von meinen Kindern. Zwei, ich hatte zwei.

Im Zentrum ist es nicht nur ehrlicher, im Zentrum ist es still.

Mir fehlen die Worte, glaube ich, mehr als die Liebe.

Fehlt mir die Liebe? Diese taumelnde Ausdehnung, diese Anmaßung, diese euphorische Verwerfung?

Wie antiquiert bin ich eigentlich?

Ich habe doch Verantwortung.

Ich muss mich doch bewahren, mich, mein Bild, mein Zeichen, das, was ich bin. Wie kann ich da an Liebe denken, wo sich doch eh schon alles auflöst?

Heute Morgen wieder Zählappell.
Ich träume fast jeden Morgen vom Zählappell. Es ist
eiskalt. Ich sehe an meinen Beinen herab, sie stehen
geschwollen im Bildvordergrund. Dick, rot, nackt.
Vor mir liegt ein weites Feld, das ich erkenne, jeden
Baum, jeden Strauch, jeden Busch.
Zweiter Traum:
Von einem dicken, geilen Pferdearsch.
Er glänzt in Mahagoni. Er gehört zu einem wunder-
schönen Pferd, das ich sehen kann, aber ich sehe doch
nur seinen Hintern. Es rennt wie verrückt durch die
Stadt, bäumt sich auf, wiehert, sein Schweif legt eine
riesige Vulva frei. Jemand jagt es.
Die Stadt ist aber ein PC-Spiel, dessen Wege sich
verengen. Das Pferd steckt mit den Flanken fest,
reißt sich los, läuft, biegt um Ecken, schlägt sich an
den Mauern wund, steckt fest, dann rast es in den
Schluchten einer Kunstwelt davon. Ist aber kein
Tier mehr, sondern nur noch ein Tierpunkt, der verschwindet und dennoch nicht entkommt.

Es ist kalt geworden über Nacht.
20 Grad, das ist verhältnismäßig kalt, ich war schon
unten und habe die Lage gecheckt. Tausende von
Vögeln sind eingefallen. Es sind Stare, sie zelebrie-
ren am Himmel ihr Abflugspiel, formen mit ihren

48

kleinen Körpern Wolken, mal schwarz, mal grau, dann beinah durchsichtig.

Woher meine Müdigkeit kommt, weiß ich nicht. Vielleicht aus den Kisten, diesem ganzen papiernen Erbe aus Zartheit und Gewalt. Vielleicht war es falsch, dass ich das alles bekommen habe. Sie war meine Freundin, eine alte Freundin, eine Art Mutter, und sie wollte es so, aber was soll ich damit? Geschichten erzählen? Die, die sie selbst nicht erzählt hat, noch nachliefern? Wozu? Sie selbst war müde davon. Ständig war sie müde. Sie ist an Müdigkeit gestorben. Es war eine merkwürdige Krankheit, irgendeine seltene Form von Leukämie, und auch wenn sie sagte, dass es nur die Folge des Lagers war, so hatte ich dennoch ständig diese absurde Angst, mich anzustecken.

Wahrscheinlich ist es jetzt aber nur das Wetter.

»Ah, die Barmherzigkeit!«, ruft Donati, ich kann ihn hören, er schreit im Treppenhaus. »Diese Eingebung beweist, dass ich geträumt habe.«

Kaum sind die Temperaturen erträglicher, rezitiert der Mann schon wieder. Ich kann selbst bald alles auswendig: »Eine Zeit in der Hölle« – das macht es auch nicht gerade leichter.

Wenn es kalt wird, bringen sich immer welche um. Das ist keine Verzweiflung, im Gegenteil. Sie warten bloß so lange, bis es geht. Insofern kann man die Hitze sogar als Gnade ansehen, da stirbt man von selbst. Ohne Aufwand. Viel zu schwach, um sich zu wehren. Es geht schnell, der Kopf bleibt unbeteiligt, der Körper vergeht. Ist es kalt, kriegt man Gedanken. Und Hunger. Die Erinnerung kommt, der Durst nicht, der ist immer da. Mit ihm ist es am einfachsten. Ich brauche bloß ins Bad zu gehen, den Hahn aufzudrehen, etwas Braunes kommt raus, ich trinke.

Das Wasser in den Schalen vom letzten Stromausfall steht auch noch da. Ein Film ist drauf, er schillert bunt. Kein gutes Zeichen.

Was mich nach wie vor wundert, ist die Bewegung hier, jetzt nimmt sie natürlich zu.

Es kommen fortwährend Menschen. Meistens sind es Gruppen von acht bis zehn. Sie haben ausgesprochen wenig Sachen dabei, selten gehören sie zusammen, das merkt man an der Art, wie sie sich bewegen. Es sieht so aus, als träfen sie sich irgendwo hinterm Ring. Hinterm Ring fahren immer noch Autos, warum hauen sie nicht einfach ab? Oder fahren keine mehr? Nur noch Züge? Mir fällt auf, wie lange ich schon kein Flugzeug mehr gesehen habe, und das, obwohl ich doch ständig in den Himmel gucke. Ich versuche mir einzuprägen, wie die Menschen aussehen. Sie sehen sich aber alle so ähnlich, besonders in den Gesichtern. Erschöpfte Menschen zeigen kaum noch Unterschiede. Erschöpfung macht den Mensch zur Menge.

Wenn ich runtergehe, treffe ich letztlich immer nur dieselben: den Interviewer, Loretta, Nadja, Tadeusz, den Mann mit dem blauen Anzug, Donati mit der Einkaufskarre, in der er sein kleines Prinzchen schiebt, und manchmal die dicke Dörte mit ihrer Freundin.

Und so, wie es hier immer voller wird, so wird es hier auch immer leerer. Zeichen des Übergangs.

»O Zeiten, o Kastelle«, Donati schreit immer noch herum.

Neuerdings mit einer Handpuppe, dem Pombla-check, mit dem hat er früher eine Zeit lang Geld gemacht, beim Frühstücksfernsehen. Die Marionetten hat er nicht mehr. Nur noch dieses blaue Zottelwe-sen, eine Art Hund oder ein Gürteltier oder ein Bär. Jedenfalls mit Beinen und Armen und einem Körper, in den er reinfassen kann, um ihn zu bewegen. Mit ihm spielt er dem Prinzchen vor:

Was wollen die kleinen Kinder essen? Pom! Pommes frites! Ja!

Wie machen die Eltern, wenn sie reden?

Bla! Ja!

Check it out, babe! Der Pomblacheck ist da!

Und wenn er das nicht vorführt, dann rezitiert er mit ihm:

»Königin der Hirten, o schaff
Den Werkleuten Branntwein her,
Dass geruhsam fließe die Kraft
Bis mittags das Bad ruft im Meer.«

Bis mittags das Bad ruft im Meer ...

Wenn er mal wirklich mit einem redet, redet er wirr.

Dass er eine Schlüsselsammlung anlegen will, hat er erzählt.

Das Schlüsselmotiv, das müsse mich doch interessieren. Schloss und Schlüssel, jede Frau interessiere das. Er braucht sie für die Tore der Wanderschaft, hat er gesagt, er will uns den Weg erschließen.

Es kann sein, wenn er so weitermacht, dass ich mich noch in ihn verliebe, entgegen allen meinen Vorsätzen. Aber nur wenn es kühl bleibt. Sonst nicht.

Besser ist es allerdings, hier weiter aufzuräumen.

Ich nehme das Messer und ritze die nächste Kiste auf. Ihr Inhalt: wieder Briefe, Luftpost, blau.

Die Frau, die sie schrieb, war ein Opfer, ganz eindeutig.

Sie war unschuldig. Sie hat drei Jahre unmittelbar neben den Krematorien zugebracht, in Auschwitz, Birkenau.

Sie hat den Sohn eines Täters geliebt. So was kann vorkommen.

Er war auch unschuldig. Aber nicht eindeutig.

Dies ist kein Erklärungsmodell. Mir geht es nur noch darum, Ordnung zu machen. Abstellen. Alles irgendwo abstellen. In Regale tun. Weg.

Was ich noch sagen muss, ist, dass es mir ähnlich ergangen ist wie ihr: Während ich noch dachte, ich arbeite an einem Erklärungsmodell, hatte mich schon längst das Leben überrollt.

Das Leben kann einen nicht überrollen.

Denn alles ist ja Leben. Das, was rollt, und auch das, was platt gemacht wird.

Allerdings sollte ich jetzt lieber nichts mehr sagen und auch nicht weiterschreiben.

Ein kühler Kopf denkt zu viel, er bewahrt, »einen

kühlen Kopf bewahren« – so heißt es ja auch. Aber ich will das nicht mehr. Bewahren heißt erinnern. Dies ist keine Erinnerung. Dies ist eine Vergewisserung. Und ist das nicht mehr? Ist das nicht viel mehr?

Sogar die Häuser verändern sich. Als ob sie aufquellen. Sie stoßen ihre Fassaden ab – irgendeine Sehnsucht nach Bloßlegung und Struktur auch hier.
Ich habe einen Mann gefunden!
Er lag in einer Toreinfahrt unter einem Haufen Schutt. Nur seine Beine ragten raus, lagen geradezu locker, entspannt auf dem Bürgersteig. Fast wäre ich über ihn gefallen. Ich hatte ihn nicht gesehen und natürlich so etwas auch nicht vermutet. Ich stieß an seine Füße, stolperte, taumelte ein paar Schritte nach vorn, schaute zurück … ich habe ihn sofort erkannt. An den Stiefeln, Schuhgröße 58, da war alles klar. Er hatte dieselbe enge Hose an, neulich war sie noch weiß gewesen, auf den Nähten saßen die Tressen aus Gold, neulich hatten sie noch geglänzt. Auch die Stiefel waren dreckig.
Ich ging zurück, von den Knien an aufwärts war er mit Staub und Steinen bedeckt. An den Häusern über ihm konnte ich nichts erkennen. Die Fenster waren zu, und die Fassadenfront war hier noch ganz, selbst wenn sie so wirkte, als könne sie jeden Moment herabsacken, sie hatte es noch nicht getan. Auch in der Einfahrt konnte ich nichts entdecken, keine Spuren, nichts, was darauf hinwies, wie der Schutt dorthin gekommen war. Der Haufen lag nur auf ihm, drum herum war es einigermaßen sauber.

54

Jemand musste ihn also gezielt dorthin gekippt haben. Aber wozu? Um ihn zu töten? Oder nur um ihn zuzudecken, damit er verschwand, eine Art Beerdigung also? Es war aber keine Erde, es waren Steine, eine Steinigung?

Ich weiß nicht, wie lange ich da stand, irgendwann kniete ich mich neben ihn, das kam, glaube ich, durch die Stiefel. Plötzlich wollte ich es einfach wissen: War es möglich? Gab es so große Füße?
Im selben Moment, in dem ich am Reißverschluss zog, hatte ich ein Mikrophon im Gesicht.
Entschuldigung, darf ich Sie etwas fragen?
Der Reißverschluss ging ganz leicht auf, das Bein allerdings war schwer, sehr schwer und weich.
Entschuldigung, es muss sein …
Wie ein Stiefelknecht musste ich mich vor ihn hinhocken, Spitze und Absatz umklammern und daran reißen, ich schüttelte, das Ding saß unglaublich fest.
Als es sich endlich löste, fiel ich prompt nach hinten, ich konnte mich gerade noch abrollen, fast wäre ich mit dem Kopf aufgeschlagen.
Der Geruch, der mir entgegenstieg, war erbärmlich.
Aber er hatte nichts vorgetäuscht, dieser Fuß war unendlich lang. Er war nackt. Er war barfuß in den Stiefeln gewesen.
Ich musste an Nadja denken. Die Zehen sahen aus wie Finger, der ganze Fuß wirkte wie der eines Reptils.
Entschuldigung, es ist dringend!

Wieder hatte ich das Mikrophon vor dem Gesicht. Sind Sie ein Täter? Wie hat es denn angefangen? Mir rollten gerade ein paar Tränen über die Wangen, ich weiß noch nicht mal, ob ich traurig war oder ob mir nur der Rücken wehtat, aber in dem Moment wurde es mir schlagartig klar: dass ich ihn nicht mehr aushielt. Und dass es richtig war, ja, es war richtig, ganz und gar richtig, total korrekt: Jetzt war er dran! Der Interviewer gehörte auch erschlagen. Der gute Herr Meier! Ich musste wohl Schluss machen mit ihm. Das reichte jetzt, genug gefragt. Ich nahm den Stiefel mit beiden Händen, drehte mich um, sprang auf und fing an, auf ihn einzudreschen, so fest es ging. Er war fassungslos, ich konnte es in seinen Augen sehen, damit hatte er nicht gerechnet, dass es ihn mal trifft. Am Anfang stammelte er noch irgendwas, dann hielt er nur noch das Aufnahmegerät vor sein Gesicht, wie ein Schild, wich aber keinen Schritt vor mir zurück. Ich schlug den Stiefel daran vorbei auf seinen Kopf, gegen die Rippen, in den Bauch. Er stand da wie festgenagelt, winselte zwar, zuckte, ließ aber alles über sich ergehen. Erst als ich zu treten anfing, ergriff er die Flucht. Ich hätte nicht gedacht, dass er so schnell sein kann. Noch im Laufen hielt er das Mikrophon hoch, er muss verwachsen sein mit dem Ding. Ich schleuderte den Stiefel hinter ihm her und traf ihn im Rücken. Endlich war er weg. Und ich war wieder allein auf der Straße. Allein mit einer Leiche.

Wie still das war – wie die Stille nach einer Schlacht, plötzlich hört man nur noch seinen Atem.

Mit der Stille ist es komisch, je größer sie ist, desto lauter rauscht es in den Ohren, geradezu so, als wären wir selbst der ganze Lärm. Die Stille ist noch immer unerhört. Niemand kennt sie, denn Taube hören nichts und wir vernehmen immer nur uns selbst.

Den Stiefel habe ich zurückgeholt und ihn dann ordentlich neben dieses nackte knorpelige Ding gelegt, das einen Fuß darstellte.
Dann habe ich ihn freigeräumt: Stasiek.
Langsam, vorsichtig, von unten nach oben, mit bloßen Händen.
Ich hob Mörtel, Sand und Steine weg, wischte den Staub von der Hose, so gut es ging, kam an den Gürtel, rieb ihn ab, sah das Hemd schon kommen mit den Rüschen dran. Grub weiter. Bildete Haufen rechts und links, trug sie weg, weil ich mehr Platz brauchte. Legte die ersten Knöpfe frei, wischte sie ab, spuckte drauf, polierte sie blank. Aus dem Brusthaar blies ich ihm den Staub. Ich hätte gerne einen Pinsel gehabt, um vorsichtiger und exakter zu sein.
Ich hauchte auf sein kleines Amulett, rieb es mit meinem Pulliärmel ab, bis es glänzte: Maria mit dem Kind.
Wischte weiter den Mörtel weg. Ab dem Hals hab ich nicht mehr gedacht …
Sein Geschlecht war ganz, sah aber klein und weich aus in der Hose. Ein bisschen wie Matsch. Er war noch nicht lange tot.
Ich habe ihn gestreichelt und geheult dabei mit dem Kopf über seiner Brust, wo die Tränen kleine, graue

Flecken bildeten, die kurz darauf verschwanden, nur noch Wölbungen im Staub.

Schnee wäre gut. Schnee sollte fallen und den Mann bedecken, da liegt er nun so frei.
Warum ist bloß kein Krieg.
Im Krieg wäre alles normal, ein toter Mann mit zermatschtem Kopf und heilem Geschlecht, da wäre nichts Besonderes dran. Hätte eine Frau dort gelegen, wäre es anders gewesen. Dann wäre beides Brei. Ich hätte dann auch anders gegraben. Gebuddelt eher, aller Wahrscheinlichkeit nach hätte ich sie auch nicht an den Füßen erkannt. Ich wäre auch nicht so vorsichtig gewesen, sondern hastig, und ich hätte oben angefangen, um zu gucken, wer sie ist. Es wäre aber normal gewesen, im Krieg gräbt man nach Menschen, im Frieden macht man es nicht.
Es ist Frieden.
Der Himmel ist gelb.
Es wird noch heißer.
Reba sagt, ich stinke, also wasch ich mich.

Weißt du noch die Gummibärchen, Mama?
Ja, weiß ich noch.
Du hast sie immer viel zu früh weggekippt.
Sie haben gestunken.
Es war ein Experiment.
Aber es kam doch immer dasselbe raus. Sie quollen und lösten sich auf.
Ja, aber die Farben! Die roten haben es am längsten gemacht. Du hast ja auch nie richtig geguckt.
Weil ich die Dinger eklig fand.
Und weißt du noch, wie sich der Papa einmal eine Scheibe Käse auf die Glatze gelegt hat?
Ich kann es nicht mehr hören.
Käse, Mama. Auf die Glatze! Und wie Stella immer »einfädeln« schrie. »Einfädeln, einfädeln!« Sie war so klein, Mama!
Ja, das war sie.
Was hat sie eigentlich damit gemeint?
Nun, sie wollte sehen, wie ich einfädele, Fäden durch ein Nadelöhr ziehe, sie fand es spannend.
Und wie wir immer Pferd gespielt haben, weißt du das noch? Wir wollten uns immer wälzen, auf den Wiesen, auf dem Rücken wälzen, wie es die Pferde tun. Weißt du das noch, Mama? Pferde! Du hast dich jedes Mal über die Grasflecken auf unseren T-Shirts aufgeregt.

Als ich aus dem Bad kam, sah ich mich in einem Spiegel. Der Spiegel war ganz, und ich war ganz. Über den Boden huschte ein Tier.

Kümmern sollte ich mich um sie, herausfinden, was sie baut. Was es werden soll, was es darstellt.

Es ist schon das zweite Mal. In der Vorstadt hat sie es auch schon gemacht. In Stellas Zimmer. Nach dem Unfall.

Alles ausgefüllt mit Spielzeug, Kleidung, Abfall, Schutt, Draht und Gips, überall Gips. Sie wollte immer Künstlerin werden. Warum schreibe ich *wollte*, warum nicht *will*? Weil sie sinnlos geworden ist, die Kunst? Ist sie jetzt sinnlos? Nur weil es heiß ist, weil wir jetzt das haben, wovor wir immer Angst hatten, um uns dann schleunigst zu versichern, dass es nicht geschehen kann?

Wird es jemand anschauen kommen? Hat es damit zu tun?

Es sieht entsetzlich aus. Ein Gebilde aus Rohren und Rädern, riesig bis unter die Decke. Sie gipst es ein, sie zerschlägt es, sie kommt mit Eimern voller Dreck, schmiert ihn drauf, wischt ihn ab. Was soll es werden?

Täglich läuft sie allein durch die Stadt auf ihrer Suche nach Material. Sie ist schon groß, man sieht nicht, dass sie noch ein Kind ist. Dennoch, ich sollte

60

ihr nachgehen, ich sollte bei ihr sein, sie begleiten. Zuschauen, was sie macht, wo sie all das herholt, was sie hier anschleppt. Manchmal hat sie ein paar Jungen dabei, die ihr das Zeug tragen. Bezahlt sie sie? Womit?

In der Ecke steht die Gasflasche zum Schweißen. Sie zieht die Schutzbrille auf, die Funken sprühen, als sie klein war, hat sie schon gelötet. Hat all diese Elektrobaukästen verbraucht, wo kommt so was her?

Mein Kind heißt Reba, und es schweißt in der Nacht.

Ich hatte zwei Kinder, eins ist tot. Ich mag nicht daran denken. Stella wurde von einem Auto überfahren. Als die Autos noch fuhren, zerquetschte eines sie. Ich war nicht da, ich war nicht bei ihr. Ich war bei ihm. Dafür konnte ich nichts.

Der Unfall und die Stürme, beides zur selben Zeit, dafür konnte ich nichts.

Aufgeschrieben, hundertmal aufgeschrieben:

Ich war nicht da. Dafür konnte ich nichts.

Aber wo bin ich jetzt? Bin ich jetzt da?

Und die anderen alle, die da draußen, dieses Getrappel im Flur, das Auf und Ab. Ja, sie sind da. Aber ist es wirklich?

Die Liebe ist wirklich, einzig die Liebe, die Liebe zu meinem Kind.

Seit neuestem stinkt es aus ihrem Zimmer.

Ja, es stinkt, ein bisschen süßlich – ich weiß nicht. Sie will mich nicht mehr reinlassen. Was tut sie? Was geschieht da drinnen?

Sie braucht Hilfe, und ich kümmere mich nicht. Ich sollte zu ihr gehen, einfach die Tür öffnen, sie ansehen, sie streicheln und reden mit ihr. Ich sollte mir Antworten ausdenken auf die Fragen, die sie immer stellt. Oder einfach nur andere, neue Fragen. Ich sollte sie herzen, küssen, bei ihr sein.

Ich habe aber keine Antworten.

Bleibt nur noch das Tun, tun sollte ich schon etwas, irgendwas.

Sie schützen, sie braucht Schutz, das ist es …

Da ist ein Schrei, ich höre einen Schrei. Einen langen, lauten Schrei, etwas schreit. Bin ich das?

Ich bitte Donati mich auszuziehen.

Er holt den blauen Pomblacheck, steckt die Rechte in den Kopf, die Linke fasst den Greifarm an. Stumm verrichtet er das Geschäft. Es dauert lange. Aber der Pomblacheck schafft es. Er hat ja auch früher alles geschafft, als er noch im Fernsehen auftrat, morgens früh um sechs für die Kinder müder Muttis, die die Vatis auf sich haben.

Er fängt unten bei den Schuhen an, löst die Schnürsenkel, klopft ans Bein, ein Bein, das andere, ich steig aus. Dann kommt er hoch, greift in den Hosenbund, lässt das Gummi einmal schnappen, zerrt rechts, zerrt links, ein Bein, das andere, ich steig aus. Kommt wieder hoch, steckt die Kralle in den Slip, erst rechts, dann links, ein Bein, das andere, ich steig aus. Die Socken, schwierig für die blauen Fellfinger. Dennoch: ein Fuß, der andere, weg. Dann der Pulli, ein Arm, der andere, der Kopf hing fest. Der Ausschnitt war zu eng. Er kriegte ihn nicht über die Ohren, wie ein schwarzer Schlauch baumelte der Pullover an mir. Aber schließlich befreite er mich, meine Haare flogen. Er strich sie nach hinten.

»Umdrehen!«, sagte er dann, sprach also plötzlich doch. Mit der Stimme der automatischen Datenfrau: »Es ist Montag, der 1. September. Uhrzeit: 23.10,

Temperatur: 37°, Ozonwert: 394, Zustand des Himmels: klar. Öffnen Sie Ihren Büstenhalter!«
Ich tat es. Ich gab ihn dem blauen Pomblacheck. Er roch dran und lachte.
Dann tanzte Donati den Tango mit mir.
Nackt.
Als ich zurückkam, war Reba nicht mehr da.

Fuhr wie wild durch die Stadt mit einem Auto, das
ich gefunden hatte. Es war Benzin drin, der Schlüssel steckte, nach dreimal Starten sprang es an.
Ich raste die Alleen entlang, die Alleen sind frei,
und die Uferstraße, auf und ab, hin und her, als hätte
sie Anfang und Schluss. So weit, wie ich mir vorstellen konnte, dass sie gekommen war, zu Fuß in der
Nacht.
Ich war das einzige Auto. Im Zentrum ist Fahrver-
bot. Auch sonst war niemand zu sehen. Es war noch
früh, 6.38 Uhr, die Sonne ging gerade auf, und schon
heiß, 41° hatte die Lichtschranke gemeldet, so früh
und schon 41.
Über dem Fluss wurde der Himmel rot, erst rot,
dann rosa.
Endlich sah ich jemanden, eine Frau, vor einem
Haus. Sie hatte eine Schürze um und wischte die
Fensterbänke ab. Ich hielt, blieb sitzen, ließ das Bei-
fahrerfenster runter, wie früher, wenn man nach dem
Weg fragte, es schien mir schneller so zu gehen, was
sich als Irrtum herausstellte.
Sie drehte sich erst gar nicht um. Ich rief ihr zu, ob
sie ein Kind gesehen habe, ein Mädchen, 17, unge-
fähr 1,80 groß und mager, mit schwarzem Anzug und
blondem Haar.
Sie reagierte nicht.

He, hallo!, schrie ich, da erst drehte sie langsam den Kopf um, so langsam wie jemand, der gelähmt ist oder der noch schläft, dabei hob sie den rechten Arm mit dem Lappen in der Hand, als wolle sie in eine Richtung weisen, aber das war ungenau, sie zeigte bloß nach oben, weshalb das Wischwasser ihr in den Ärmel lief. Ich habe sie einfach nur angestarrt. (Jetzt denke ich, vielleicht auch wegen dem Wasser, weil das so komisch war, es störte sie anscheinend gar nicht.)

Sie war eine von denen mit den Melanomen im Gesicht. Davon gibt es viele. Es trat fast gleichzeitig und plötzlich auf, wie eine Epidemie. Man kann sie wegmachen, aber die Haut wächst nicht richtig nach.

Bitte!, rief ich nochmals, es ist wichtig. Helfen Sie mir doch. Ich muss es wissen, haben Sie sie gesehen? Ein Mädchen, sie hat eine schwarze Kappe auf und hinten hängt ein Zopf raus. Ein ganz langer Zopf, ein Pferdeschwanz.

Ich hörte noch, wie sie »Mädchen« sagte, es kam wie ein Geräusch aus einem Loch in einer Masse, aber ich gab schon Gas. Ich hatte ja ein Auto, ich würde sie finden, der Tank war voll, und ich war schnell. Ich wusste, dass sie da war, und ich würde rasen, bis ich sie sah.

Ich sah sie!

Plötzlich, vorne rechts auf dem Bürgersteig. Ich bremste, da lief sie, so wie nur Reba laufen kann, locker, federnd, leicht. Schwerelos. Als sei es eine Art zu tanzen.

Was für ein Bild! Junge Frau im Morgenrot auf der Uferpromenade …

Es ist die Schönheit, die am meisten schmerzt.

Ich rief sie. Sie kreuzte die Fahrbahn, ohne auch nur einen Moment zu mir hinzusehen. Dann wurde sie schneller und bog in eine Querstraße ein, ich fuhr ihr nach, aber da war Schluss, die Straße war versperrt von abgestellten Autos. Ich musste zurücksetzen, drehen, dann fuhr ich wieder geradeaus, langsamer jetzt. Ich musste vorsichtig sein, nur nicht zu viel Druck machen. Abstand lassen, Raum geben, im richtigen Moment würde ich zupacken. Es war, als würde ich ein Tier jagen, eine Gazelle: Ich tu dir nichts, du sollst doch nur zurück zu deiner Herde. Plötzlich tauchte sie wieder auf. Links jetzt. Vor mir links. Mein Kind. Sie hielt das Tempo, der Zopf schaukelte hin und her. Für eine Weile hielt ich Abstand, das gab mir die Chance ihr zuzusehen. Kaum gab ich Gas, bog sie ab. Ich fuhr ihr nach, die Straße war zugestellt, dasselbe. Ich setzte erneut zurück, fuhr zur nächsten Ecke und wartete dort auf sie.

Sie kam nicht. Eine halbe Stunde verging, aber sie kam nicht. Obwohl es die einzige Möglichkeit war, dass sie dort wieder rauskam.

Dann tauchte sie plötzlich im Rückspiegel auf, hinter mir, direkt hinter mir. Jetzt musste ich zupacken! Ich gab Gas, drehte, schleuderte, trat das Pedal durch und schoss ab nach vorn in ihre Richtung. Aber da war nichts. Sie war gar nicht da. Sie war so sehr nicht da, als hätte es sie nie gegeben.

Ich musste mich getäuscht haben, sie war weg, und sie blieb weg.

Es war umsonst gewesen. Ich ließ den Motor laufen und machte die Kühlung an. Bis ich vor Kälte bebte. Auch eine Art durchzukommen, warum machen wir das nicht, in all den abgestellten Wracks das letzte Benzin für die Kühlung verbrauchen.

(Sie würden uns vorher totschlagen, deshalb machen wir es nicht.)

Auf den Treppen vor dem Hochhaus wartete Tadeusz auf mich. Er saß im Schatten, gekrümmt wie immer, ich glaube, dass er sich inzwischen gar nicht mehr aufrichten kann. Schwarzer Anzug, mit Melone auf dem Kopf. Er winkte mit dem Hut, als ich auf ihn zukam.

Warum kenne ich so viele Männer mit Glatze, dachte ich.

Tadeusz' Kopf war allerdings tätowiert. Überm rechten Ohr ein Anker, überm linken die Büste einer nackten Frau.

Wenn Tadeusz mit den Ohren wackelte, wippte der Schönheit der Busen.

Er breitete beide Arme aus: Schwester, da bist du endlich, das Volk erwartet dich schon!

Ich seh nichts, antwortete ich.

Das solltest du aber, sagte er. Du hast das Zeug zur Seherin. Ich spüre das. Bei so was kannst du dich auf mich verlassen, die Aura, glaub mir, ich kann das, ich seh lauter Licht um dich her.

Ich nickte. Weißt du eigentlich, was ich immer noch da oben mache?

Nein, aber ich bin sicher, du sagst es mir jetzt.

Ich sortiere noch immer die Akten deiner Mutter!

Ach, du bist so ordentlich!, stöhnte er. Schmeiß das Zeug endlich weg. Sie war eine Schlampe, kapier das doch. Die Menschen werden nicht besser, weil sie im Lager waren. Komm, wir machen lieber ein Spielchen. Du bist zu ernst, das Leben ist ein Spiel, kapier das doch endlich.

Er griff in seine Taschen und holte die Steine raus. Drei kleine Quader, völlig gleich.

Hast du Reba gesehen?, fragte ich ihn.

Er legte die Steine auf die Stufen unter sich, zwischen die gespreizten Beine. Die Arme hatte er auf die Knie gestützt, er hat Arme wie ein Affe so lang. Die rechte Hand baumelte hin und her. Tadeusz und seine Steine –

Er hatte sie vor vielen Jahren besoffen und bekifft aus der Kapelle in Tschenstochau geklaut, drei Steine, und dann für seine Zwecke zurechtgeschliffen, an einer Seite hat jeder eine kleine Mulde, da passt gerade eben eine Münze rein. Er legt sie drunter und dann geht es los:

rechts, links, rechts, links, Mitte, hin, her, zack, zack. Viel schwieriger als mit Hütchen, das sagt er jedes Mal. Weißt du, was ich finde?, fragte er mich, während die kleinen grauen Quader über die Stufe flogen. Ich finde, dass diese Fleischbrocken mit den Löchern in der Visage verboten gehören.

Da hast du Recht, antwortete ich und dachte an die Frau mit dem Lappen.

Macht aber keiner, sagte er. Stattdessen dürfen die hier überall rumlaufen und sogar Geschichten erzählen, zum Beispiel, dass sie was sehen.

So, sagte ich, tun sie das? Hier ist doch aber gar keiner.

Rechts, links, Mitte, hin, her, zack, zack.

Da staunst du, wie schnell ich das kann, was? Rate!

Mitte.

Er hob ihn ab: falsch.

Er sah von unten zu mir hoch, der Hut lag neben ihm.

Und weißt du, was diese Scheißfressen sagen? Sie behaupten doch tatsächlich, es sei jemand Auto gefahren, heute früh, unten auf der Uferstraße.

So, sagte ich wieder, wer soll das denn gewesen sein?

Du hättest dabei sein müssen, als ich diese Steine aus der Wand gehauen habe. Die haben alle zugeguckt, das war total komisch, verstehst du? Haben gestaunt, was ich da mache, nichts kapiert. Ich war besoffen. Ich nahm den Hammer und schlug die Steine raus und schob sie auf dem Boden rum. Die haben alle zugeguckt, die haben gedacht, das wär ein Happening, ein neuer Gottesdienst, irgendwas Modernes, und haben nichts gemacht. Dabei war ich doch nur besoffen, wie in Trance, ein Rausch, verstehst du?

Noch mal, los!

Rechts, links, Mitte, hin, her, zack, zack.

Rate!

Mitte.

Falsch! Er grinste mich an. Du siehst schlecht aus, meine Schöne, sagte er, dann sah er wieder auf die Steine. Aber wer tut das nicht? Los, noch mal.

Rechts, links, Mitte, hin, her, zack, zack.

Rate!

Mitte.

Falsch! Herrgott, bist du verbohrt! Ihr Deutschen!,
er schüttelte den Kopf.
Du weißt, dass man schon Leute erschossen hat, die
Auto gefahren sind!
Soll vorgekommen sein, ja.
Siehst du den Mann mit dem blauen Anzug da? Er
zeigte auf ihn, und ich sah ihn, eben noch war keiner
da gewesen. Aber jetzt sah ich plötzlich mehrere.
Siehst du ihn? Weißt du, wer das ist?
Ich wusste es nicht, ich weiß es bis jetzt nicht.
Pass auf, Schwester! Mach keinen Scheiß. Wär scha-
de um dich.
Wieder kickte er die Steine hin und her.
Heb ab!, befal er. Halt, erst raten!
Keiner.
Hm, hm.
Mitte?
Falsch.
Er lachte.

Ich weiß, dass sie noch da ist.
Was hab ich denn getan? Mein Herz klopft so sehr.
Was ist meine Schuld? Dass ich eine Mutter bin?
Sie wird wiederkommen.
Ich weiß, dass sie wiederkommt.
Die Frage ist: zu wem?
Zu wem kommt sie, wenn sie wiederkommt.

Sie springen wieder. Es ist heiß, es stört sie nicht,
im Gegenteil. Wahrscheinlich müssen sie es wirklich
tun. Es muss ein Zwang sein, ich kann es mir nicht
anders erklären.

Die Fenster stehen offen, der Himmel ist klar, es ist
dunkel in meinen Räumen, nur die kleine Schreibtischlampe brennt. Wenn ich rausschaue, kann ich
die Sterne sehen. Ich würde sie gerne hören. Das
stille Wummern des Alls. Ich hatte eine CD, auf
der Jupiter rauscht. Jupiter kann auf zwei Arten
rauschen: leise knisternd, zischelnd wie das Geräusch einer niederbrennenden Wunderkerze, oder
voller Volumen wie das Meer. Es kommt nur darauf
an, auf welcher Wellenlänge man ihn hört. Wenn
man sich einmal vorstellt, wie viele Wellenlängen
es gibt, die wir noch gar nicht kennen (vielmehr:
wir kennen sie sehr wohl, wir können sie nur nicht
messen oder aufzeichnen), dann gibt es ihn doch
vielleicht, den Sphärengesang. Ich bin sogar sicher,
dass es ihn gibt. Weil ich ihn gehört habe. Damals.
Als Stella starb.

Mir war fast der Kopf geplatzt.

Es war sehr grell und hoch, weiße Töne, schreiend
geradezu. Ich wusste, dass mir der Zugang fehlte zu
ihrer Harmonie, aber genauso wusste ich, dass es sie
gab, und sie war schrecklich.

Der Schrecken war: Eigentlich wissen wir das. Das ganze Ausmaß der Weite ist uns durchaus bekannt. Es heißt Gott.

Doch ich lebe in einem Irrenhaus, in einem Hochhaus des Wahns. Und dennoch, wie milde sind dagegen diese Bohrgeräusche und das Surren der Seile. Beruhigend, lieblich geradezu.
Eben ist wieder einer vorbeigekommen. Kein Blick. Sie gucken nicht rein, sie sind viel zu beschäftigt. Und so gelenkig, wie gelenkig sie sind! Wenn sie sich oben aufhängen, sind sie das Gegenteil: regungslos. Säcke.
Je besser sie sind, desto mehr Sackqualität nehmen sie an, desto öfter springen sie. Bloß nicht zappeln, wer zappelt, kommt an die Hauswand dran. Wer an die Hauswand kommt, platzt.

Ich bin schon lange nicht mehr unten gewesen. Nur bei Donati. Er sah wüst aus, der Gute. Rezitierte aber umso heftiger:
»Du sollst Hyäne bleiben usw. … schreit der Dämon her, der mich mit so reizenden Mohnblumen krönte.«
Von wegen Mohnblumen. Veilchen. Verdroschen haben sie ihn. Muss eine Frau gewesen sein. Sieht schwer danach aus. Frauen schlagen ja bevorzugt auf den Kopf. Gerne auch mit Gegenständen. Dass man Männer an anderen Stellen viel wirkungsvoller treffen kann, muss man Frauen erst beibringen. Normalerweise machen sie es nicht: mit dem Knie, z. B.,

zack, zwischen die Beine. Früher gab es sogar Lehr-
gänge dafür, um gewissermaßen ihre Schlagkraft,
die Frauen ja durchaus haben, umzulenken. Auf
andere Ziele hin, eine regionale Umverteilung, sieht
man den Körper einmal auch als Region. Und wenn
man das erst mal versteht, dann versteht man auch,
dass Frauen schon immer Kriege geführt haben. Ihr
Schlachtfeld war nur ein anderes, und taktisch waren
sie nicht so gut. Weil sie nicht in Strategien denken,
weil sie keine Pläne schmieden, weil sie sich von
ihren Emotionen leiten lassen. Und das sind keine
guten Führer. Emotionen wollen immer nur eins:
mehr davon, mehr von sich selbst. Eine Emotion
kommt selten allein und will schon gar nicht allein
bleiben. Sie sind auf Vermehrung aus, diese Biester,
niemals auf den Schluss. Deshalb führen sie immer
nur ins Gestrüpp, und wenn man da drin ist, kann
man wahrhaft nur noch um sich hauen. Was soll
man, bzw. hier jetzt wirklich einmal frau, dann noch
anderes machen. Dann geht nur noch das. Dann ist
das Schlagen lebensnotwendig. Anders kommt man
ja aus dem Gestrüpp nicht mehr raus. Na also, das
ist der Unschuldsbeweis! Und seine Herleitung ist
nichts weiter als logisch.
Dann kann ich es jetzt ja auch zugeben. Dass ich es
war. Ich hab ihn verdroschen. Er hatte sich aber auch
gar nicht gewehrt. Er hätte mich ja nur zurückstoßen
brauchen. Kraft hat er genug. Aber Kraft ist Masse
mal Überzeugung zum Quadrat.

$$K = m \times Ue^2$$

Und an Überzeugung hat es ihm gemangelt. Weil er unschuldig ist. Weil er vor allem unschuldig sein will. Deshalb hat er die Arme zum Himmel erhoben, wie der Interviewer neulich, wie Herr Meyer, nicht aus Abwehr, sondern zum Empfang. Zum Empfang der Unschuld. Eine Art Lossprechung also. Dadurch, dass die Frau ihn schlug, wurde der Mann unschuldig. Und die Frau war es ja sowieso, s. o., sie musste dafür nur mehr Aufwand betreiben. Ihr Vorgehen ist viel erschöpfender. Dümmer könnte man auch sagen. Er lässt es machen, sie tut es. Aber letztlich wird so alles gut. Und zwar für beide, und ich muss mir gar keine Vorwürfe machen. Außerdem: Anhänglich ist Donati ja sowieso. Er war schon wieder da, gerade eben noch. Seit neulich kommt er immer öfter hier rauf.

»Sie ist wieder gewonnen!
Wer? Die Ewigkeit.
Sie, das Meer, mit der Sonne
vereint.«

Du musst nicht traurig sein, Frau, hörst du, sie wird wiederkommen! Mein Kind ist ja auch immer da, ich schiebe es in der Karre, wir können es zusammen tun.

Ich mag ihn nicht, wenn er vertraulich wird. Warum? Wozu? Nur weil man sich das bisschen rosa Haut gezeigt hat, einmal?

»Der Wolf schrie unter dem Laub
und spie die schönen Federn aus
Von seinem Hühnerschmaus:
Wie er zehr ich mich auf.«

Ich hatte fast Lust, schon wieder draufzuhauen, ich weiß gar nicht, wo das herkommt, diese ganze Gewalt in mir. Aber eben nur fast, denn Donati hat auch etwas Hündisches. Sagt man zu ihm: »Hau ab!«, dann haut er ab. Und das ist ja beinahe schon wieder liebevoll von ihm, denn wer oder was entfernt sich schon, wenn man es verlangt.

Die Bohrgeräusche jedenfalls nicht. Man muss warten, bis sie von selbst gehen. Bis sie aufhören, satt sind, endlich genug haben davon.

Jetzt.

Jetzt haben sie genug. Sie sind weg. Alle und alles.

Ich kann das Licht ausmachen. Nichts ist mehr da. Nur noch ich. Ich kann mich atmen hören. Plötzlich ist alles still.

Jetzt könnte ich die CD auflegen.

Auf dem Fluss saß heute ein Mann und spielte Geige.

Alle haben ihn gesehen, er zog langsam vorbei, der Fluss ist schmal geworden. Man kann sein Bett schon lange begehen. Trotzdem haben sie oben auf der Promenade gestanden, an der Mauer, und von dort aus auf ihn herabgeschaut.

Er saß auf einem Floß, auf dem ein Stuhl stand. Ein magerer Mann. Mit Hut und schwarzem Anzug. Er wirkte alt aus der Ferne, alt und irgendwie bekannt. Es war nichts anderes auf dem Floß, nur er auf dem Stuhl und davor der aufgeklappte Geigenkasten, so, als wollte er sammeln.

Mir war nicht klar, wieso so viele gekommen waren, ich verstand das nicht, wie bei einem Ereignis, als hätten sie es alle gewusst. Dabei muss es doch Zufall gewesen sein. Und alle waren still, als würde auf dem Wasser eine Prozession vorüberziehen. Jeder konnte so sein Fiedelliedchen hören.

»Wenn ich einmal reich wär ...«, das Lied des Milchmanns aus Anatevka. Wie ein Fähnchen, dünn und durchsichtig, flatterte es an uns vorüber, dem Mann hinterher, der es hervorgebracht hatte, das alte Lied vom Wünschen ...

Erst als er ganz außer Sicht und auch kein Ton mehr zu hören war, wandten sich die Menschen ab, und

79

mir wurde klar, warum sie sich versammelt hatten. Es war nicht wegen ihm. Ich hatte nur nicht richtig hingeguckt. Sie hatten Kanister in den Händen. Ich hatte ja nur auf die Köpfe geachtet, ob ich Loretta sehe, weil heute Freitag ist. Und kurz hatte ich sie auch gesehen, ihren roten Haarschopf, aber dann war sie weg, und ich habe wie die anderen auf den Mann gestarrt.

Sie dachten, ein Tankwagen käme. Es ist kein Wasser da. Und gelegentlich fahren noch Tankwagen.

Das Wasser ist noch immer rechtzeitig wiedergekommen. Vielleicht waren deshalb alle so still, still und geduldig.

Sind wir noch geduldig?

Geduld ist eine Qualität der Hoffnung, und Hoffnung hat immer mit dem Jenseits zu tun. Dies hier aber ist bereits das Jenseits.

(Wir brauchen nur noch Wasser, helles, klares Wasser, Trinkwasser. Sonst nichts.)

Dies alles hatte mittags stattgefunden in brütender Hitze. Auf dem Rückweg hab ich den Mann im blauen Anzug gesehen. Er erinnerte mich plötzlich an die DDR. Was man nicht alles vergisst, auch so etwas, ein untergegangenes Land, die Zone. Es muss an der Farbe gelegen haben oder am Stoff. Diese stumpfe, pseudomoderne Künstlichkeit. Das Spießertum. Selbst in der Chemiefaser hatten sie es noch stecken. Dennoch glaube ich, dass der Mann im blauen Anzug gefährlich ist, er beobachtet mich.

Seine Gefährlichkeit ist aber eine per se, das ist nur er, er, weil er er ist. Und nicht, weil jemand hinter ihm ist. Kein Apparat, kein Apparatschik. Weder schick noch Apparat. Nur ein Anzug und eine dämonische Ausstrahlung. Hülle, leer. Wenn man reinsticht, platzt er wahrscheinlich. Aber vorher bringt er mich vielleicht noch um.

Ich traf Tadeusz, der wie immer links vorm Hochhaus saß, wenn man drauf zugeht links, left side EMIL.

Ein Spielchen, Schwester? Heute nicht so konservativ? Immer nur auf die Mitte setzen?

Ich fragte ihn erst gar nicht nach ihr. Er hätte es mir gleich gesagt, wenn er sie gesehen oder irgendwas erfahren hätte. Was sollte ich noch fragen.

Ich ging zu Donati in den dritten Stock, um ihm beim Füttern zu helfen. Nahrung für das Prinzchen ist da. Das Prinzchen kriegt vom Feinsten, Astronautennahrung. Donati verwahrt sie in einem Tresor.

Ich glaube nicht, dass das Prinzchen noch lange lebt. Denn es mag die Nahrung nicht. Ich glaube, in seinem Reich erwartet es bereits andere.

Darum spuckt es sie immer aus.

Man kann es nur noch zu zweit füttern, genauer gesagt zu dritt. Donati holt den Pomblachek hinzu, der bietet seine besten Programme. Das Prinzchen kennt aber die Programme schon, es dauert lange, bis es lächelt, den Mund öffnet und staunt. Dann komme ich ins Spiel, ich reiß ihn auf, den kleinen Schlund, mit der rechten Hand den Unterkiefer nach unten, mit der linken den Kopf nach hinten, das Prinzchen würgt, der Pomblachek hat schon die Tüte mit dem Schlauch zur Hand und quetscht den Brei in das kleine Hälschen.

Ich press den Mund zu, der Pomblachek streicht die Masse den Hals hinab, als hätte er eine Gans zu stopfen. Dann schleudern wir das Kind in der Karre umher. Bis es lacht und vergisst, sofort zu spucken. So ist die Chance am größten, dass es wenigstens ein bisschen bei sich behält.

Check it out, Babe, der Pomblachek macht weiter Witze, ich hole Wasser aus den Eimern im Bad, um abzuwaschen, was danebenging und was dann doch noch alles wieder hochkommt, mit letzter, aber immer noch großer Kraft. Dann wisch ich mir die Hände ab und frage mich, warum es nach so kurzer Zeit im Menschen bereits sauer riecht. Wie groß ist eigentlich das Ausmaß unserer Vergärung.

Donati schnippelt die Tüte klein. Damit keiner erfährt, was er für einen Schatz hat, verbrennt er sie, ein kleines stinkendes Feuer auf dem Estrich im dritten Stock.

Ohne Schatz kein Königreich. Ohne Königreich kein Prinzchen.

Wie heißt es eigentlich?, fragte ich ihn.

Arthur!

Arthur?

Wirklich, das sagte er. Arthur.

Und du?

Max.

Max Donati!

Früher hätte heute das Wochenende angefangen.

Die Woche ist eine völlige Fiktion. Das Jahr hat seinen Grund im Planetensystem, die Monate auch, aber die Woche? Absolute Willkür, nur um die Zeit an einen Text anzupassen, diese angeblichen sieben Tage, die es gebraucht hat, für das hier. Sieben Tage für die Errichtung der Vergänglichkeit! Der Mensch ist der Motor, er stellt den Grundzustand immer wieder her, das Chaos. Allerdings ein anderes Chaos als das Urchaos, das ja wohl eher eine Suppe war. Flüssig. Das Chaos des Menschen stimmt mit dem des Universums nicht überein. Der Mensch hofft es, aber es ist nicht so.

Auch ist nicht jedes Weitermachen ein Neuanfang.

Es gibt sie, die Vergänglichkeit, es gibt sie tatsächlich, und was sie besagt, ist, dass etwas zu Ende geht.

Ich habe seit zwei Tagen kein Wasser getrunken. Es
ist kein Wasser mehr da. Kein Strom, kein Wasser,
Gasflasche leer.
Von einem Mädchen verbraucht, das eine Skulptur
zusammenschweißt. Nur noch das alte in den Töp-
fen ist da, man müsste es abkochen. Ich habe ein
Gurkenglas geöffnet, danach ging es wieder. Irgendwo habe ich auch noch Rote Bete, auch so ein dank-
bares Zeug, hält ewig. Ich werde sie aufheben, wenn
Reba kommt, wird sie Hunger haben.

Ich habe an R. geschrieben, so weit bin ich nun.
Jemand hat mir mal erzählt, der schönste Tod soll
der durch Erfrieren sein. Aber nur wenn man richtig
erfriert, hat er gesagt, nicht nur halb. Denn wenn
man sonst wieder aufwache und habe einen Nasenflügel weg, dann sei das grässlich. Nasenflügel seien
besonders gefährdet, besonders in Finnland, wo die
Männer so viel saufen und so große Nasenflügel haben. Sie brächen bevorzugt ab und dann habe man
nur noch eine halbe Nase, und das sei ja nun wirklich nicht schön.
Wie es wohl in Finnland ist.
Wie ist es wohl in …
Ich habe ihn gebeten, mir zu schreiben, wie das Wetter bei ihm ist. Und wie es seinen Nasenflügeln geht.

Ob er sie noch hat. Er hat wunderschöne Nasenflügel. Es lugen schwarze Härchen heraus, trotzdem sind sie wunderschön. Die Momente, wenn sie beben –
Und ich habe ihn gefragt, ob er noch weiß, wie es war, als wir dieses eine Getränk tranken. Ob er noch weiß, wie viel es war, wann und wo.

Es war unwahrscheinlich viel, es war ein Glas und noch eins und noch eins, die Gläser waren türkis und randvoll, es schmeckte nach Limone und Nacht. Und ob er noch gelegentlich an den Kellner denkt, der die Karaffe brachte, dieser junge Mensch mit Pomade im Haar und diesem altklugen Gebaren, der immer sagte, trinken Sie, trinken Sie, la vie c'est un cocktail. Und wie die Eiswürfel in dem Krug klimperten und wie er, R., ihn an sich nahm, schüttelte und sagte:

Irrtum, Monsieur, la vie c'est un bobtail. Und wie wir lachten, unentwegt lachten. Wir waren so albern.

Und ob er noch weiß, wie es hieß, das Getränk.

Es hieß »under the volcano«, wir tranken es auf einer Terrasse unter Girlanden in der Nacht voll kleiner bunter Lichter.

Und ob er noch weiß, wie wir dem allen ein Ende machten. Mit den Eiswürfeln aus der Karaffe in seiner Hand, auf meiner Haut, auf der Schulter, dem Hals, den Wangen, der Stirn, den Lippen, dem Mund, auf meiner Zunge, in meinem Bauch. Und wie er sich dann rüberbeugte über den Tisch, mich küsste und mir den nächsten kalten Klumpen zwischen die Brüste schob, woraufhin ich ihm den Inhalt der Karaffe über den Kopf kippte. Und wie er eine neue bestellte, ich zahle, ich zahle für alles!, rief, und der Kellner sie brachte mit geröteten Augen und wie er, R., mir den Inhalt der zweiten Karaffe dann langsam über die Bluse goss. Genau so, dass sich meine Brüste darunter abzeichneten und der Kellner nicht nur länger gerötete Augen hatte.

Und ich schrieb ihm, dass er doch wohl hatte verstehen müssen, dass ich dann gegangen war, weil die Zeit anders wurde, dass ich doch hatte gehen müssen, weil die doch mein Kind überfahren hatten, die Kleine, Stella, mein jüngstes Kind, und dass wir zwar gesagt hatten, dass wir uns liebten, aber ich nun einmal hatte gehen müssen. Weil sie doch mein Kind überfahren hatten, hier in dieser Stadt, am Rande der Stadt, wo ich damals noch lebte, und dass er doch hatte verstehen müssen, ich konnte nicht anders, ich hatte doch auch noch Reba, und sie war dabei gewesen, sie hatte es gesehen, und wie ich denn hätte wiederkommen sollen, das war doch gar nicht möglich, aber warum denn er nicht ... und wie lange das nun schon wieder her ist, und dann waren ja auch diese Stürme gekommen, und da konnte man nicht ...

Und ich habe mich erinnert an alles, was war. Und an alles, was er gesagt hatte.

Er redete während der Liebe mit mir. Er war der einzige Mann, der das tat. Nichts Anzügliches, nichts Erotisches, einfach so, was er dachte, über die ganz normalen Dinge.

Ich habe es fertig gebracht, aufzustehen und den Brief zu verschließen. Mit dem Wasser aus den Töp-

fen, die im Badezimmer stehen, habe ich die Klebe-
seite befeuchtet. Ich bin wirklich losgegangen, habe
ein Postamt gesucht und eines gefunden, es war auf.
Es war ein völlig zerschlagener Raum, eine Halle,
die aussah wie alles, kaputt. Es war keiner da, bis auf
eine, eine andere als ich, die hinter einem Schalter
saß und guckte. Ich gab ihr den Brief. Sie warf ihn
unfrankiert in einen Sack.
Komm, hatte ich geschrieben, als Letztes: Komm,
ich kann nicht mehr!

Still. Die Welt neigt ihr Skelett gen Osten. Sterne ziehen auf.

Wie klein sind wir doch, wir Menschen, wie unwahrscheinlich klein.

Es ist Nacht, ich stehe auf. Ich gehe zu den Schalen mit dem Wasser von irgendwann. Ich werde so lange nicht atmen, wie ich nur kann, damit ich es nicht riechen muss.

Es muss in mir bleiben.

Ich trinke das Wasser aus den Schalen von irgendwann. Dann rolle ich meinen Schatten ein und werfe ihn auf die Stadt. Und fliege. Doch. Sicher. Ich fliege. Ich kann fliegen.

Wie hell jetzt alles ist. Das Licht – man hat das Licht gestrichen. Es ist so weiß. Man hat es sehr stark angestrichen. Man hat es sehr stark aufgedreht. Man hat es – wieso? Wieso machen sie das? Wieso machen sie das Licht so stark an? Es tut weh. Es brennt mir in den Augen. Ich kann sie nicht schließen. Sie gehen nicht zu. Ich krieg meine Augen nicht mehr zu. Sie sind offen, ganz weit. Warum richten sie das Licht darauf?

Ich muss sie fragen. Den da, den Dicken da, den werde ich fragen.

Hallo, hören Sie mich?

Ich glaube, dass er hier zu sagen hat. Er ist so riesig, es könnte gut sein, dass er hier zu sagen hat.

Ich muss ihn ranholen. Wie hole ich ihn denn ran? Hallo!

Sie haben etwas an meinem Kopf angebracht. Hinten. Etwas Dickes. Vorn ist auch was.

Die machen hier was mit mir. Das ist genäht. Das fühle ich.

Hallo, könnten Sie bitte einmal kommen, ja?

Die vielen Stimmen verwirren mich, sie sind zwar fern, nur ein Sirren, aber dennoch.

Wahrscheinlich wollen sie mich ablenken. Die haben mir hier irgendetwas eingebaut. Deshalb bin ich auch angeschnallt. Jetzt verstehe ich das. Mein

Brustkorb ist so eng, da ist etwas drum, das muss ein Gurt sein. Ich hätte mir doch niemals etwas einbauen lassen. Da mussten sie mich anschnallen.

Wie viele sind es denn?

Ich muss herausfinden, wie viele es sind. Ich muss sie sehen. Ich muss sie anschauen können und dann bitte ich sie. Ich muss einen herausfinden, den ich bitten kann. Der so aussieht, als könnte ich ihn bitten.

Der Dicke, da ist er wieder, ich muss ihn gewinnen. Er hat bestimmt zu sagen hier, er sieht so aus. Er bewegt sich so, als habe er zu sagen.

Da kommt er, aber so dicht, warum denn gleich so dicht. Und wie dunkel er aussieht, was hat er denn für ein Gesicht? Lila, blau und so groß, so aufgedunsen.

Was macht er denn. Er kommt ja immer näher.

Was? Was sagen Sie?

Hören Sie, würden Sie bitte das Licht abdrehen, bitte. Ja? Ich bitte Sie. Es blendet. Verstehen Sie?

Und ich will ja nicht unverschämt sein, aber die Heizung. Ich schwitze so, die Heizung auch.

Was? Was sagen Sie?

Hören Sie mich doch erst mal an!

Wurst? Wieso reden Sie von Wurst?

O Herrgott hilf, mir kommt ein schrecklicher Verdacht. Wo bin ich?

Ach Durst, Sie meinten Durst.

Ob ich Durst habe? Nett, dass Sie fragen.

Nein. Ich habe keinen Durst. Mich blendet einzig das Licht. Hören Sie, selbst wenn Sie sich davorschieben, kann ich Sie nicht sehen. Was? Wovon reden Sie denn jetzt schon wieder?

Glas? Ja. Glas. Wo?

Wo denn?

Ich weiß nicht, ich rede von Licht.

Jetzt geht er weg, er holt etwas. Was holt er denn? Was hat er da? Er kommt mit etwas auf mich zu. Was ist das? Es sieht scheußlich aus. Er kommt mit etwas Scheußlichem, Langem. Warum denn? Seine Hand, ich habe ihm doch nichts getan! Er packt in meinem Gesicht herum, er drückt mich, meinen Kopf, es ist lang, das Ding, lang und glatt, ist das Gummi? Er hat es in der Hand. Er drückt mich, er quetscht es mir zwischen die Zähne, er reißt meinen Kiefer auseinander, er presst etwas in meinen Mund. Er stopft es bis in den Hals. Ich muss würgen. Warum macht er das. Es tut weh. Ich habe doch nichts getan. Er drückt es in den Schlund. Warum? Warum? Hört das denn keiner? Sieht das denn keiner? Ist denn keiner da?

Als ich aufwachte, regnete es.

Die Fenster standen offen, Laken hingen vor den Scheiben. Die Luft war schwül, das Licht grau. Es war Abend.

Ich sah auf mein Zimmer. Jemand musste aufgeräumt haben. Die Regale standen wie immer an der Wand, die Bücher aber waren einsortiert, die Akten aufgereiht. Die Kisten waren bis auf eine leer, sie standen zusammengefaltet und gestapelt an der Wand.

Der Boden war frei. Da war mein Schreibtisch mit dem Stuhl davor, die Schreibtischlampe war an. Ich beugte mich zur Seite. Neben mir stand ein großes Glas mit Wasser, ich trank es in einem Zug. Durch den Türspalt vom Nebenzimmer fiel Licht herein. Ich hörte die gewohnten Geräusche. Hämmern, Klopfen, Schaben, das Kind war wieder da.

Ich hatte einen Stift in der Hand, auf mir lagen Blätter voll mit Schrift und dieses Heft hier. Meine Beine schmerzten, am Kopf ertastete ich einen Verband, um meine Rippen war eine Bandage, sie war sehr eng.

Ich musste geschrieben haben. Die Schrift sah aber gar nicht aus wie meine, sie war ganz klein, winzig, zeichenhaft, eine Art Stenographie. Lesen konnte ich davon nichts.

Mein Mund tat weh, mein Rachen fühlte sich an, als sei er abgeschabt. Ich wollte hoch, mich setzen, sank aber gleich wieder zurück. Ich weiß nicht, ob es zu heiß war oder ob ich Fieber hatte.

Die Beine schmerzten entsetzlich, der ganze Unterleib tat fürchterlich weh. Ich konnte ihn nicht bewegen. Ich versuchte Befehle nach unten auszuschicken, aber die Beine taten es nicht, sie regten sich nicht.

Es stand noch ein zweites Glas Wasser da, jemand musste mit meinem großen Durst gerechnet haben, wahrscheinlich das Kind.

Das Zurseitebeugen war alles, was ging. Mehr tat mein Körper nicht. Er war müde, unglaublich müde. Ich hörte Töne, wie vom Sirren der Bienenfresser auf der Oberleitung in Griechenland. Ganz hohe Töne.

Wieso ich plötzlich an Griechenland dachte, weiß ich nicht. In meinem Kopf musste sich etwas verschoben haben. In Griechenland bin ich einmal mit einem alten Mann durch ein Flussbett gegangen. Er wollte mir sein Herz zeigen. So weit wir auch liefen, es war kein Wasser da.

Donati kam.

Wie groß er war. Und sein Gesicht so dunkel. Er war gar nicht mehr blass. Seine Haut sah anders aus, voll geplatzter Äderchen, lila, blau. Wie eine Frau nach der Geburt sah er aus. Ich musste lachen. Das schmerzte im Leib.

Schön, dass du lebst, Frau, sagte er.

Da fing ich zu weinen an.

Er küsste mich. Donati küsste mich!

Kannst du mich sehen?, fragte er.

Natürlich kann ich dich sehen, sagte ich. Du sitzt doch direkt vor mir.

Er nickte. Ganz die Alte, meinte er.

Dann zeigte er mir seine Hände.

Bei ihm sei etwas aufgegangen. Die Wucht habe seine Hände gesprengt. Jetzt seien sie wieder gerade, der Krampf sei weg. So gesehen könne er jetzt wieder spielen.

An dieser Stelle lachte nun er sehr lange.

Und das habe er alles mir zu verdanken. Er danke mir.

Ich verstand kein Wort.

Es sei wie in einem Slapstick gewesen, erklärte er. Er habe gerade noch meine Beine packen können, ich sei kerzengerade vornübergekippt. Ich sei auch gar nicht eingeknickt, ganz steif sei ich gewesen. Und diese Wucht. Ich wisse ja, was er zu tragen gehabt hätte, ein Leben lang. Er hätte es mich ja fühlen lassen, als ich früher bei ihm war, das Gewicht seiner Rollen, »wir sind aus gutem Holz geschnitzt«. Aber so was wie ich jetzt …

Ob er das Lager gesehen habe, wollte ich wissen.

Leider habe es dennoch meinen Kopf getroffen, das sei arg, sagte er. Ich solle mich mal besser nicht im Spiegel ansehn. Er habe den Spiegel auch schon weggetragen. Es sei wirklich besser, wenn ich das nicht sähe. Es könne mich deprimieren.

Ich fragte ihn, ob er meine Frage gehört hatte. Ich

wollte nämlich wissen, was er dazu sagt, dass da oben auf dem Dach ein Lager ist. Und ob er das womöglich die ganze Zeit gewusst hatte.

Er habe nichts gewusst, sagte er, aber nun wisse er etwas. Und zwar, dass ich zu schützen sei. Vor mir selbst. Vor meinem Anblick.

Was er denn dann auf dem Dach gewollt habe, wollte ich wissen.

Der Pomblachek sei schuld, antwortete er. Der habe ihm nämlich plötzlich etwas eingeflüstert, etwas, um genau zu sein, über mich und den Durst. Und da sei er sofort losgerannt, denn wenn der blaue Pombla schon mal flüstert, wo er doch so viel schweigt in letzter Zeit, da wäre er eben sofort los, das müsse man dann ernst nehmen, habe er ja auch. Und so sei er aufs Dach gekommen. Und was er da gesehen habe, das sei ich gewesen und basta.

»Doch« – und da lächelte er – »doch Schwäche oder Kraft, da bist du, das ist die Kraft. Am Morgen war mein Blick so verloren und mein Inneres so leblos, dass jene, denen ich begegnet bin, mich vielleicht nicht gesehen haben.«

Ich sagte, wenn er behaupte, er sei auf dem Dach gewesen und habe mir an die Beine gepackt und mit mir stummfilmmäßig Buster Keaton gespielt oder irgendwas, was ja schon der letzte Quatsch sei, so was zu behaupten oder mich mit seinen Marionetten zu vergleichen, die er doch bitte einmal als solche benennen soll und nicht immer derart pathetisch verquast als Rollen, wenn er das aber nun schon mal behaupte, dann müsse er auch zugeben, dort oben eine recht merkwürdige Ansammlung von Menschen gesehen zu haben. Ein Haufen, ein Pulk, ein Lager eben.

Er aber faselte von dem Schmutz in den Städten, der ihm plötzlich rot und schwarz erschienen sei.

Ich erteilte ein Rezitationsverbot. Er presste die Lippen zusammen und schüttete mir Wasser nach. Es war ganz klar und rein. Es war köstlich.

Er habe nur eins gesehen, stieß er dann hervor, und das sei ich gewesen, ich am Rand. Vornübergeneigt, steif, das habe er gesehen und irrtümlicherweise habe er mich in diesem Moment für schützenswert gehalten.

Davon will ich nichts hören.

Er will es aber sagen.

Quatsch.

Kein Quatsch!, er wandte sich zum Gehen ab.

Dann war ich eben nicht auf dem Dach. Ich bin nicht auf dem Dach gewesen, hörst du? Alles Quatsch. Was soll ich denn auch da. Ich bin doch nicht blöd und schleppe mich in der Hitze ohne Wasser, denn da ist ja noch kein Wasser da gewesen, das weiß ich durchaus, da schleppe ich mich doch nicht 754 Stufen rauf.

Er riss den Kopf herum und starrte mich an.

Steh auf!, schrie er. Los! Sofort!

Bitte, warum denn nicht?

Ich stand auf.

Ich stand nicht auf.

Zwei Tage, ich glaube, es müssen zwei Tage vergangen sein.
Ich liege immer noch im Bett. Es ist hell, warm, ich weiß nicht, wie spät es ist, seit die Uhr nicht mehr geht, keine Funkuhr geht mehr und andere haben wir nicht. Der Farbe des Himmels nach muss Nachmittag sein.

Irgendwo da draußen muss Donati sein, ich höre ihn, es sind die »Delirien II«.

»Ich wurde eine Märchenoper: Ich sah alle Wesen in verhängnisvoller Beziehung stehen zum Glück: Die Tat ist nicht das Leben, sondern eine Art von Kraftvergeudung, ein Aufreiben der Nerven. Moral ist Gehirnwäsche.«
Es klingt, als ob er sich direkt vor meiner Tür draußen aufbaut. Wo soll es sonst herkommen?
Von einer CD? Er sollte sich besser um sein Kind kümmern, als mir ewig diese Texte vorzuleiern.
Oder ist es ein Rekorder, so was Altmodisches? Hat er einen Rekorder draußen vor die Tür gestellt?
Das kann nicht sein, ich irre mich, vielleicht träume ich? Kann man rezitierte Wörter träumen? Wenn ich sie träume, dann schreibe ich im Schlaf. Dann schlafe ich schreibend.

»Zu jedem Wesen, schien mir, gehörten mehrere andere Leben.«

Es sind tatsächlich die Laute des Schlafs, ihre Verwirrung ist sanft.

»Dieser Herr da weiß nicht, was er tut: Er ist ein Engel. Die Familie da ist eine Hundebrut.«

Donati kann nichts anderes.

»Angesichts mehrerer Männer plauderte ich laut mit einem Augenblick aus einem ihrer anderen Leben. – Also hab ich ein Schwein geliebt.«

Das ist ein Schlaflied, jetzt weiß ich es.

Damit will er mich beruhigen. Donati ist ein guter Mensch: Er tut, was er kann.

Immer, wenn ich jetzt rausgehe, ziehe ich ein Tuch über den Kopf.

Wenn schon alles egal ist, dann ist das auch egal.

Es ist mir lieber so.

Ich will nicht, dass man mich sieht.

Es ist eine kleine rote Decke mit Bordüre dran. Die Bordüre ist schwer, der Stoff ist dünn. Ich sehe die Welt durch einen Schleier.

Ah, die Madonna persönlich!, ruft Tadeusz. Spiel mit mir, Schwester, denn ich bin ein Schwein. Es ist schön, mit Schweinen zu spielen, weißt du? Wegen dem Dreck. Komm! Ich klickere dir meine Steine vor.

Zack, zack, rechts, links, Mitte, hin, her.

Rate!

Ich will nicht raten.

Mit den Beinen geht es wieder, ich schleppe mich voran. Aber mein Gesicht ist zur Hälfte schwarz. Ein riesiger Bluterguss. Ich habe noch nie so etwas Scheußliches gesehen. Vielleicht, weil ich es selbst bin.

Reba kam noch in derselben Nacht, in der ich aufgewacht bin, zu mir ins Bett gekrochen. Brachte ihr Laken zum Zudecken mit, hat sich an mich gekuschelt und sofort geschnarcht.

Weil ich mich kaum bewegen konnte, habe ich nur den Kopf zur Seite gedreht und sie angeschaut. Ich sah ihre Hände. Die langen, schlanken Finger, die hat sie von mir, habe ich gedacht. Eine Mischung aus Dreck, Gips und Schorf lag drauf. Der dünne Arm. Nackt, fast nur Haut und Knochen, mit Flecken. Sie hatte schon immer unwahrscheinlich viele blaue Flecken gehabt. Als ecke sie ständig an. Was sie nicht tut. Sie ist geschickt.

Geschickt – von wem?

Hat mir mal eine Freundin gesagt: Dieses Kind ist dir geschickt worden. Sie habe es an seinem Kinn erkannt, gleich, als sie es zum ersten Mal sah. Das sei genau wie meins, wenn ich mir etwas vornehme, würde es anschwellen.

Ich sah die Schulter, diesen langen Hals, den sie hat, das Schlüsselbein, wie es herausragte, das Salzfässchen, eine tiefe Mulde.

Ihr Gesicht war wie eh und je von außergewöhnlicher Reinheit. Die Konturen klar, die Nase gerade, die Lippen voll und rosa, als wären sie geschminkt. Der hohe Brauenbogen, die dicken Wimpern, das Haar floss eben wie Stoff aufs Bett. Mein Kind ist schön, und ich sah es.

Wenn es Schuhgröße 36 hat, dann hast du es über den Berg, hatte Mutter immer gesagt.

Ich weiß nicht, was mit Mutter ist, ob sie noch lebt in ihrem Altenstift, ob sie noch immer in ihren alten Geschäftsbüchern die Bilanzen liest und mit dem Stock nach den Pflegern schlägt, weil sie sich nicht gebührend bei jedem Bitte und Danke vor ihr verneigen.

Das Letzte, was ich von ihr bekam, war eine Ladung Gurken. Als noch Autos fuhren, kam ein Lastwagen damit an. Es war nach Stellas Tod, wir lebten schon hier.

Mutter glaubte an ihre Gurken. Sie hatte immer daran geglaubt, und es waren immer »ihre« Gurken gewesen, nie unsere. Sie konnte »ihre« Gurken-fabrik in direkter Linie bis in die Zeit des alten Fritz zurückführen. Per Dekret hatte der die Spreewald-gurke erlassen, in Essig oder in Salz, ganz egal, es waren die Besten.

Wenn alles mit rechten Dingen zugegangen wäre, dann wäre ich eine Gurkenfabrikerbin. Ich würde über Gewürzmischungen nachdenken und neue, schicke Gläserformen. Mutter war konservativ, bei ihr war immer alles gleich. Als ich klein war, war die Hinzunahme von Cornichons ins Sortiment eine Re-volution, es folgten Mixed Pickles, Rote Bete und Sauerkraut, aber geliebt hat sie nur die Gurken.

Und immer, wenn ich krank war, hat sie mich damit traktiert: Du ahnst nicht die Heilkraft der milchsau-ren Spreewaldgurke!

Mutter hasste Krankheit. Krankheit war für sie eine Beleidigung. Jetzt, da die ganze Welt krank ist, muss Mutter gestorben sein.

Dann hätte man mich zumindest benachrichtigen können. Vielleicht hat man das ja gemacht und ich erinnere mich nur nicht daran?

Mir fehlt etwas, mir fehlt ein Stück Zeit, obwohl doch gerade davon jede Menge da ist. Vielleicht ist es eher die Einteilung, das tiefe, echte Gefühl dafür.

Und der Abstand. Der Abstand von mir selbst. Nur so kann man erkennen.

Es gibt zwei Zeiten: die verschlingende, die über uns hinwegrollt wie die Wellen der Flut, wild, aufgewühlt, uns treibend, immerzu treibend, und die Abstandszeit, die uns zurückzieht wie die Ebbe das Meer in den Urgrund der Hervorbringung jeglicher Aktion.

Was hilft mir das. Es ist einfach zu warm.

Mein Kopf schmerzt wieder. Im Treppenhaus, das Auf und Ab, es hat sich von außen nach innen verlagert. Sie klettern nicht mehr, sie nehmen jetzt die Stufen. Und sie springen auch nicht mehr. Das Abenteuer ist vorbei.

Ich würde sie gern anrufen. Mutter. Seit wann geht das Telefon nicht mehr. Auch so etwas. Wieso habe ich mir das nicht gemerkt oder zumindest aufgeschrieben. Das ist doch ein Einschnitt, und ich notiere es nicht. Telefon, Handy, Internet, die ganze Technik. Ich habe es ja versucht, nur nicht damit wieder anfangen! Das verbraucht zu viel Energie.

Das hat man früher nicht gewusst, dass dieser Satz viel mehr meint als man ahnt. Dass die eigene Energie zur verbrauchten Fremdenergie, in diesem Fall Strom und sagen wir mal Satellitenabnutzung, sich wie eine Potenz verhält. Steigerung. Potenz heißt Steigerung. Gesteigert mit 2, aber in diesem Fall nicht mit der Zahl, der Ziffer, sondern mit mir. Auf alles, was wir verbraucht haben, müssen wir uns selbst noch einmal draufschlagen. Wir haben immer auch uns verbraucht, insofern war der Energiekonsum vorm Computer durchaus hoch. Und was ist rausgekommen?

Die Erinnerung ist Speicherzeit. Also gibt es noch eine dritte Zeit, aber Speicherzeit hat eine andere Schwingung. Mutter hat mir etwas hinterlassen, ich muss mich nur drauf einschwingen, dann fällt es mir schon ein. Auch sie hat mir etwas hinterlassen, und es war mehr als die Gurken. Jemand gab es mir, es war der Fahrer, glaube ich.
Würden Sie bitte hier unterzeichnen, gnädige Frau?
Was? Was war es?
Ich sehe es vor mir. Ein Lieferschein und ein weißes Ding. Ein längliches, schneeweißes Ding. Ein Brief, natürlich! Es gab einen Brief. Wo ist er hingekommen? Wo hab ich ihn hingelegt? Ich muss ihn suchen. Doch im Suchen war ich noch nie gut, im Suchen nicht, im Finden nicht, selbst das Sortieren haben andere erledigt.

Was hier alles durchkommt.
Jetzt sind es Möwen.
Erst waren es Mauersegler, dann Stare, jetzt Möwen.
Als ob das hier ein Schiff ohne Anker wär.
Nichts sagen die Möwen über Abfahrt und Ankunft aus. Sie kreisen. Irgendwann sind sie weg.
Ich bin sicher, wenn die Fische laufen könnten, kämen sie hier auch noch vorbei.
Vielleicht die Haie. Flosse in Flosse.
Warum bleibe ich?
Ich bin immer gegangen, ausgerechnet diesmal bleibe ich.
Wie viele Jahre habe ich unter dem Lärm der Stadt gelegen und wollte weg. Jetzt, da ich auf sie herabschaue, kann ich mich nicht trennen.
Es wird immer stiller, keine Flugzeuge mehr, keine Waggons, die nächtens aneinander schlagen. Autos schon lange nicht mehr. Und Menschen?
Da unten geht der Interviewer. Kein Ring umgibt ihn. Er ist allein. Wo hält er jetzt das Mikro dran? An die Mauern?

Nadja war da. Sie hat jetzt zwei Nerze, die sie übereinander trägt. Sonst hat sie nichts mehr, weder Verstand, noch Männer, noch Haut. Sie nagt sich selbst ab. Frisst unentwegt an ihren Fingern. Bald ragen aus den Kuppen die Knochen raus. Sie sind jetzt schon bloßes Fleisch.

Ob ich Stasiek gesehen hätte, wollte sie wissen.

Nein, log ich. Gab ihr statt seiner die Gurken. Diesmal aß sie sie direkt vor mir, schraubte den Deckel ab, grinste, fraß und weinte dann.

Ich stand vor ihr und hab ihr zugesehen. Nadja braucht Blicke. Ihr haben schon immer alle bei allem zugesehen.

Ob ich mit dem Puppenspieler ficke.

Ja, habe ich gesagt.

Ob ich weiß, womit der sein Kind füttert.

Tut er das? Füttert er es?

Das kannst du riechen, wenn du dran vorbeigehst. Ich rieche das. Irgendein Vitaminzeug. Das Ding stirbt doch eh.

Ja, habe ich gesagt, das tut es.

Muttchen, nimm den Deckel ab, sagt Reba, es ist
nicht mehr so schlimm.
Sie stellt sich neben mich und nimmt mich in die
Arme. Sie ist größer als ich. Größer und dünner. Sie
will noch immer Künstlerin werden.
Als sie klein war, wollte sie Balletttänzerin werden.
Sie hat sich jeden Tag, Knie über die Stange, an das
Trapez in ihrem Zimmer gehängt, damit die Beine
länger werden. Oder in die Affenschaukel: Guck
mal, Mama, Affenschaukel! Was ich kann!
Dann hat sie einen Stock genommen und gemessen,
Hüftknochen abwärts und mit Strichen markiert, ob
es voranging.
Auch will sie heute noch immer wieder die Ge-
schichte hören, wie ich mir als Kind den Busen abge-
wickelt habe, damit er nicht wuchs. Weil ich keine
Frau werden wollte.
Sie lacht darüber. Sie lacht und geht ihren Dingen
nach.
Was ist das? Ist das »in der Welt sein«?
Ist das da draußen noch die Welt?
Muss ja, solange es Kinder gibt –

Ich habe sie nicht gefragt, wo sie war und warum sie
das gemacht hat.

106

Ich sehe nur manchmal noch dieses Bild vor mir, wie sie läuft, den Weg am Fluss entlang, schwarz gekleidet, vor der Morgenröte.

Und Wünsche von gestern rutschen aus meinem Bilderhirn.

Dann sitzen wir in einem Kaffeehaus, ich und meine beiden Kinder, auf gepolsterten Stühlen in weicher Luft, die nach Sahne und Zigarren riecht. Das Licht ist braun, meine Kinder sind schön, und ich bin es auch. Wir werden angesehen. Das ist das Beste. Man sieht uns. Trotz des leisen Hauchs von Feindschaft gegen alles, was berechtigt stolz ist, sie schauen uns an, sie mustern uns sogar. Wir essen artig Torte und fühlen ihn, den Hauch. Und die Spiegel ringsumher, die spiegeln uns. Uns und keine Monster. Wir sind, was wir scheinen, wie lange ist das her.

Es ist hart zu erkennen, dass man eine Idiotin ist.
Ich bin eine.
Erstens: Er hat tatsächlich einen Rekorder aufgestellt, ein uraltes Ding, warum auch immer. Wahrscheinlich weil er mich konfrontieren will, mit sich
und mit mir selbst.

»Meine Gesundheit war bedroht. Der Schrecken
kam auf mich zu. Ich verfiel mehrtägigem Schlaf,
und, aufgestanden, setzte ich die düstersten Träume
noch fort. Ich war reif fürs Jenseits, und auf einer
Straße der Gefahren führte mich meine Schwäche
bis ans Ende der Welt und des Kimmerier-Lands,
Heimat des Schattens und der Wirbelwinde.
Ich musste auf Reisen gehen, die Zauber verscheu-
chen, die sich in meinem Gehirn versammelt hatten.
Über dem Meer, das ich so sehr liebte, als hätte es
mir einen Schandfleck abwaschen sollen, sah ich das
Kreuz der Tröstung auftauchen.«

Ich habe den Stecker rausgezogen und das Ding
mit reingenommen. Ich finde, wenn der Strom
schon mal da ist, dann braucht man ihn für anderes. Vielleicht wird irgendwo noch operiert? Kühl-
schränke springen an und kühlen. Womöglich pro-
duzieren sie irgendwo sogar noch etwas, Salben oder

108

Schmerztabletten, es taucht ja immer mal wieder etwas auf.

Er muss es extra aufgenommen haben, es hallt. Er hat es in seiner Wohnung gemacht. Man könnte es für eine Bedrohung halten, mit so was macht man Menschen verrückt. Da Donati aber nicht böse ist, muss es Zuneigung sein. Liebe vielleicht sogar. Liebe kann so schnell bedrohlich werden und trotzdem ist Bedrohung niemals Liebe.

Ich muss nachdenken über ihn, das ändert aber nichts an meinem Zustand, denn zweitens:

Ich war auf dem Dach!

Es sind 754 Stufen. Ich habe sie gezählt, von uns aus.

21 pro halbe Etage, macht 42 pro ganze mal 18 minus 2. Rechnen kann ich noch. Am Ende fehlen zwei Stufen, das ist wohl öfters so, im letzten Stockwerk geht es nicht auf.

Obwohl Strom da ist, die Fahrstühle funktionieren nicht. Was ich auf den Treppen gemacht habe, war nicht gerade sportlich. Doch auch wenn es lange gedauert hat, ich bin noch mal hoch. Und so ist das jetzt: Von wegen ich gehe voran. Die anderen sind längst weiter. Die wissen, wie man es macht.

Und ich wundere mich noch immer über die Stimmen, die ich gehört habe. Da gibt es nichts zu wundern! Sie sind auf dem Dach. Da oben ist die Luft nämlich besser. Darum ist hier ewig dieses Kommen und Gehen. Und nicht nur das. Sie sammeln sich dort oben. Sie treffen sich und sprechen sich ab. Sie tauschen Informationen aus und machen Pläne, stellen Regeln auf, helfen sich, bewachen sich und bestimmt wählen sie auch schon wieder einen Anführer, und bestimmt ist es wieder ein Mann.

Sie machen nämlich schon wieder weiter, sie sind schon wieder dran, weiterzumachen! Immer macht sie weiter, die Überlebensspezies Mensch, die Anpasser-Erfindung des Holozän. Bloß nicht innehalten. Nur keine Pause.

Sie haben Planen gespannt, um Schatten zu haben und falls es doch einmal regnet. Sie haben den Raum aufgeteilt mit Matten in der einen Ecke und irgendwelchen Vorräten in der anderen, es standen Wachen daneben mit Gewehren im Arm! Kanister waren aufgestellt und in der Mitte vom Dach brannte ein Feuer. Ein Lagerfeuer. Mit einem Spieß darüber, an dem etwas Längliches steckte, das gedreht wurde und stank.

Ich hatte es gesehen, damals schon, das war keine Phantasie gewesen, und jetzt wieder. Er braucht mir seine blöden Delirien nicht vorzuspielen, es ist wahr!

Auf dem Dach des Hauses, in dem ich lebe, in das ich mich zurückgezogen habe, um zu überleben, campiert ein Stamm.

Keiner von denen hätte mich festgehalten, als ich fliegen wollte, das ist klar. Sie wissen, wer zu ihnen gehört und wer nicht. Vielleicht geht das sogar am schnellsten, die Abgrenzung. Noch bevor die Regeln für das Innen aufgestellt werden, wird das Außen dichtgemacht, wird der Ring gezogen, unsichtbar und doch so mächtig, dass ihn jeder spüren kann.

Mich wundert, dass sie Donati und mich überhaupt raufgelassen hatten. Vielleicht, weil wir hier wohnen? Wissen sie das?

Eine hat mich erkannt. Sie hatte in derselben Straße gelebt wie ich früher. Sie war eine von denen gewesen, die ich gemocht hatte, obwohl sie meistens traurig wirkte und dicke, schwarze Ringe unter den Augen hatte. In Wahrheit hatte sie, glaube ich, sehr viel Energie und sich immer gezwungen, sie zu schmälern. Sie hielt sich selbst in Schach, zugebunden, verzögert irgendwie. Das hatte diese Ränder gemacht unter ihren Augen, es waren Schatten nicht gelebter Kraft. Der Schatten der Frauen – die Angst vor dem Glück. Jetzt haben wir auch das überholt.

Bist du es?, hat sie mich gefragt.

Ich nickte, ja, auch wenn ich nicht so aussehe.

Was hast du gemacht, das sieht schrecklich aus. Und warum bist du noch da? Wir dachten, du wärst längst weg.

Irgendwie konnte ich sie nur angrinsen.

Du hast uns doch alle gewarnt, hast uns immer diese Artikel vorgelesen. Dass sich alles plötzlich ändern wird, viel schneller als wir denken, du hast das doch immer gesagt! Wir dachten, du wüsstest, wo man am besten hingehen kann und nimmst nur keinen mit.

Was sollte ich sagen – ich lächelte dumm. Sie hatte ja Recht.

Ist es wegen Stella?, fragte sie. Du bist nie drüber weggekommen, stimmt es? Weil du nicht da warst, stimmt es? Du warst mit diesem Mann zusammen, der dich manchmal besucht hat.

Es gibt Momente, die sind wie Stein, da regt sich gar nichts mehr.

Ich gebe dir Salbe, sagte sie. Das sieht so furchtbar aus. Wer war das? Oder bist du hingefallen? Du weißt doch, die Salbe, die ich immer selbst gemacht habe, aus Ringelblumen, ich hab noch was davon. Und wo ist Reba? Kommst du mit? Wir gehen bald los. Komm mit!

Wo wollt ihr denn hin?, habe ich gefragt.

Ich weiß nicht, antwortete sie, irgendwo in den Norden. Die haben es vorhin ausgemacht.

So, sagte ich, vorhin.

Was in den Kisten war, wollte sie noch wissen, die ich mitgenommen hatte.

Liebe, sagte ich.

Deine?, fragte sie.

Nein, antwortete ich, und in diesem Moment spürte ich, dass er da war. Mein Herz krampfte, das tut es auch jetzt, da ich dieses schreibe. Ich habe Angst, Angst vor der Begegnung. Er ist zurückgekommen, und das wundert mich nicht, denn er weiß es genau so wie ich: Sie ist unausweichlich. Es war sogar, als spürte ich ihn. Ich sah mich schnell um, in unmittelbarer Nähe war er nicht, aber das Dach ist groß.

Wessen?, fragte die Frau und zupfte an mir.

Ich wusste erst gar nicht, was sie meinte.

Wessen Liebe?, beharrte sie, die Kisten, was war drin?

Die Liebe einer alten polnischen Jüdin zu einem jungen deutschen Mann, erklärte ich. Und ich habe diese Frau auch geliebt, anders natürlich.

Alles klar, sagte sie.

Sie sind nicht zusammengekommen, die Geschichte war dazwischen, die historische, verstehst du, die meine ich.

Sie nickte, aber ich sagte das nur so. Mit den Kisten ist das anders, das kann man nicht erklären. In den Kisten ist Leben, die Kisten sind die Welt.

Also, fragte sie, kommst du nun mit?

Mal sehen, sagte ich, ich muss erst noch was fertig machen.

Da hat sie mich umarmt, mach's gut, hat sie gesagt.

An der Stahltür nach unten hatte ich wieder das Gefühl, dass er da ist. Die Luft um mich her, als würde sie mich anfassen.

Ich würde niemals mitgehen. Niemals ginge ich mit einem Stamm, das ist es wirklich, dahin sind wir jetzt zurückgekehrt, zur Stammesgesellschaft. Aber ich bin lieber aufgeplatzt und blau im Gesicht, auch meinem Kind würde ich das nicht zumuten.

Und Reba würde es auch niemals tun. Das zumindest habe ich erreicht.

Ist das gut?

Sie werden es schaffen, sie gehen voran. Was noch nicht platt ist, das werden sie platt treten, und wenn sie damit fertig sind, dann werden sie irgendwo anfangen, es wieder aufzurichten. Und dagegen ist nichts zu sagen, denn dafür sind wir da. Es geht überhaupt nur ums Weitermachen, das Ding, auf dem wir leben, läuft und läuft, dreht sich auf seiner Bahn im All herum, und das ist alles.

Wozu dann die Auflehnung?

Die da oben haben es kapiert. Weitermachen, die sind die Avantgarde! Die Vorhut der Endzeit war immer schon da.

Ich werde jetzt Donati hören, das kann ich ja nun jederzeit.

Vielleicht will ich nur nicht solche Augen kriegen wie diese Frau, und das ist alles. Und Reba soll sie nicht kriegen, und das ist mehr.

Außerdem würden uns die anderen gar nicht mitnehmen, die Frau mit den Rändern unter den Augen hat bei ihnen nichts zu sagen. Sie wollen keinen kritischen Geist, das schwächt sie.

Und was ich mit R. mache, das weiß ich jetzt auch. Denn wenn ich mich auch gerade noch halten kann, ihn verkrafte ich nicht mehr. Es gibt kein Zurück.

Bald setzen die Winde ein, das war letztes Jahr auch
so, auf den November ist noch immer Verlass.

Heute kam die Müllabfuhr!
Sie fuhren derart souverän und selbstverständlich
unten über den Platz, dass ich für einen Moment gedacht habe, das alles ist ein Irrtum. Ich bin der Wahn
und nicht sie.
Männer in orangefarbenen Overalls sprangen seitlich von dem Wagen runter, sie leerten Abfallkörbe,
sammelten Säcke und Tüten ein, lärmten, pfiffen,
bedienten diesen Hebel am Wagen, mit dem sie die
Tonnen wippen lassen, damit auch wirklich alles
rausfällt, sie fuhren die Container aus dem Keller
raus, wie früher, völlig normal.
Ich bin runtergerannt, um mich zu versichern, dass
ich nicht durchgeknallt bin. Ich war nicht die Einzige, es hatten sich schon einige versammelt, um
dem Schauspiel zuzusehen.
Wir schwiegen. Was sollte man dazu auch sagen. Wir
staunten und schwiegen.
Nur Tadeusz saß ungerührt wie immer, wenn man
rauskommt rechts vorm Haus, right side EMIL, und
klickerte mit seinen Steinchen.
Bist du bald fertig?, hat er mich gefragt, als ich wieder raufging.

115

Ich zog die Schultern hoch.

Du warst schon mal schöner, Schwester. Frauen müssen scharf sein und schön, das gilt unabhängig vom Wetter, merk dir das.

Und Männer?

Potent, intelligent, eloquent. Früher mussten sie auch Geld haben. Du könntest mir übrigens mal diese Dame im Nerz vorbeischicken, ich brauch das mal, verstehst du? Wenn man so ein Tier ist wie ich –

Wenn ich die Sachen seiner Mutter damals, als sie starb, nicht eingepackt hätte, dann wären sie jetzt nicht mehr da.

Ich habe es gemacht, weil sie es wollte. Sie wollte, dass es bleibt.

Sie hatte Unmenschliches überlebt als eine von den wenigen. Wenn man dran denkt und dran erinnert, dann kriegt es wenigstens noch einen Sinn, als Warnung. Das hat sie gedacht. Schafft man es sogar noch zu lieben, dann wäre das mehr als Sinn, wir hätten es dann mit Vergebung zu tun.

Deshalb ist sie gescheitert, ihr Projekt war zu groß. Sie hätte machen sollen, wovon sie erzählt hat, dass sie es genau nicht gemacht hat: ihren Sohn da unten lieben, Blumen pflanzen und der Mutter gelegentlich einen Ausflug verschaffen. Sie hätte einfach leben sollen. Aber anscheinend gehört es zum Leben, dass das einfach nicht geht.

Jetzt ist es mein Projekt, ich werde dafür sorgen, dass es bleibt und werde es doch zurücklassen, ich werde alles zurücklassen, auch meine Geschichte hier. Eine Art Einschluss, eine Gravur. Wir sind da gewesen. Uns gab es. Das ist etwas völlig anderes als Bewahrung und Erhalt. Wir sind zu Lebzeiten schon zum Fossil mutiert. Fossilien hinterlassen Abdrücke, aber keine Erinnerung.

»Hatte ich *einst* nicht eine liebenswerte Jugendzeit, heldisch, märchenhaft, auf goldene Blätter zu schreiben – zu viel Glück! Durch welche Schandtat, durch welchen Irrtum habe ich meine jetzige Ohnmacht verdient!«

Der Erinnerung haften immer Gefühle an, und Gefühle sind flüchtig. Ein Abdruck im Kosmos ist mehr als ein Gefühl. Ein Abdruck ist der Beleg für Existenz.

»Aus der immergleichen Wüste, in die immergleiche Nacht hinein, erwachen meine müden Augen ...«

Reba wird auch fertig. Sie arbeitet an demselben Projekt wie ich. Sie setzt nur andere Mittel ein. Während ich all das Geschriebene zusammenpacke, gibt sie dem Erlebten noch einmal Gestalt. Sie zeigt mir etwas, sie zeigt es allen. Weil es da sein wird, nicht weil alle gucken kommen. Und ich weiß schon, was es ist. Sie zeigt mir ihr Alleinsein damals, was Reba baut, ist ein Schrei.
Schreien hilft nicht. Aber das weiß sie ja.
Wir beide versiegeln hier etwas. Wir siegeln und schließen ab.

Heute hat Donati gesagt, das mit der Gurke und der
Astronautennahrung neulich hätte ihm Leid getan.
Er hätte es aber tun müssen, weil ich sonst verdurs-
tet wäre.
Seitdem er mir das Band gemacht hat, rezitiert er
nicht mehr, oder höre ich ihn bloß nicht mehr?
Es ist, als habe er den Text übergeben, und wirklich, *ich* trage ihn nun mit mir herum. Er macht stattdessen Fingerübungen, tatsächlich hat sich durch
sein entschiedenes Zupacken der Krampf in seinen
Händen gelöst, als sei er aufgeplatzt. Auch erzählt er
jetzt immer öfter von früher. Von seinen Vorfahren,
die hätten ihr Theater auf einer Brücke gehabt, ein
kleines Häuschen, mitten über dem Fluss. Links sei
der so genannte gute Teil der Stadt gewesen, rechts
der schlechte, in der Mitte das Wasser und sie. Damals mit Stabpuppen, sagt er, keine guten Spieler.
Aber Pappkulissen, die er, als Kind, noch gewechselt
hat, Seidenstoff für das Meer und Wölkchen zum
Schieben. Und dann fängt er wieder von seinem
Vater an, der am selben Tag gestorben ist, an dem er
Geburtstag hat und das Prinzchen auch.
Das Prinzchen ist kaum mehr da. Es liegt auf dem
Bett und verabschiedet sich, wird klein und immer
kleiner.

Ich glaube, ich muss Donati dankbar sein. Er hat mich schließlich gerettet. Und zu wissen, dass man auch bei so einem Fall gehalten werden kann, das tut gut. Es beruhigt. Und bei all dem Wind, der jetzt wieder eingesetzt hat, braucht man auch Ruhe. Und bei diesem Klopfen auch. Es kommt schon lange nicht mehr von außen. Es ist mein Herz, was da so laut ist.

»Heimat des Schattens und der Wirbelwinde …«
Bald ist es so weit.

»Durch die Straßen auf und nieder gehen die Laternen wieder ...« Wie ich das gehasst habe. Ja, das gebe ich zu, es ist nicht übertrieben, ich habe es gehasst. Die Blaskapellen, dieses langsame Gehen und keiner, der den Text der Lieder richtig kannte. Den Kindern beizubringen, mit aufgehaltenen Plastiktüten um Bonbons zu betteln ...

Ich habe wieder alles durcheinander gebracht. Das geht mir immer öfter so, dass ich etwas mache, wovon ich nachher nichts mehr weiß. Dabei war alles schon so schön aufgeräumt. Die Papiere, alle abgeheftet, in Klarsichthüllen arrangiert, beschriftet, einsortiert – jetzt liegen sie wieder auf dem Boden. Eigentlich beweise ich mir damit etwas, nämlich, dass auch ich wie die anderen bin. Am liebsten will ich immer weitermachen, das ist es, das ist, worum es geht, und notfalls stelle ich den Zustand selbst immer wieder her.
Aber der alte Mann, der mir in Griechenland damals sein Herz zeigen wollte, hat mal zu mir gesagt, dass »eigentlich« ein Wort ist, das eigentlich abgeschafft gehört.
Also ist es nichts weiter als Blödsinn, was ich tue.

Manchmal träume ich, dass ich alles anstecke. Dass alles verbrennt. Eine Stichflamme, ich sehe sie vor mir, ein Flammenmeer und Farben. Dass ich, was ich mache, wenigstens selbst zerstören kann. Das wäre gut. Aber aus Asche hat man sich bekanntlich noch immer erhoben, dieses Ende hier muss anders sein.

Ein richtiges Ende. Dass ich das noch erlebe, dass etwas einmal richtig aufhört.

Wenn es ein Später gibt, wird man von diesem Früher sagen, dass es eine Epoche war. Eine Epoche ging zu Ende. Wahrscheinlich wird es ja ein Später geben, ich bin nur sentimental. Ich höre sie ja laufen durchs Treppenhaus. Sie ziehen ab, wie Truppen. Belagerung beendet. Es geht weiter, ich könnte ans Fenster gehen und zugucken, der Frau noch einmal winken – mir ist immer noch nicht ihre Name wieder eingefallen –, wer weiß, vielleicht guckt sie ja rauf?

Sie huschen in der Nacht davon, wie klug sie sind. Nachts ist es leichter, dennoch, ich würde den frühen Morgen wählen, wenn die Sonne aufgeht, »zur Morgenröte, gewappnet mit glühender Geduld … werden wir sie verlassen, die herrlichen Städte …«

Die Nacht ist hell, das macht es leichter, sie werden gut sehen können. Der Mond scheint, er gibt dem Himmel die Farbe von Stahl, ein paar Lichter leuchten, es ist Strom da.

Dass R. nicht dabei ist, weiß ich. Er wird zu mir kommen, ich rüste mich dafür.

Nebenan baut Reba, sie baut unbeirrt.

Nachlass, hat sie zu mir gesagt, als sie mich zwischen all den Zetteln sitzen sah, bedeutet, Muttchen, dass man es nach etwas lassen kann, verstehst du? Du kannst es sein lassen, das heißt das!

Aber ich suche etwas, habe ich gesagt.

Was denn?

Ich suche den Brief von Mutter, von Großmutter, sie gab mir einen Brief. Damals, weißt du noch, als der Laster kam.

Reba hat sich auf den Hacken umgedreht, ist in die Vorratskammer gegangen und hat den Brief geholt, er lag dort hinter den Gurken.

»Verwahr sie gut, du wirst sie brauchen«, stand da. »Es sind deutsche Bomber von Halischkas Feld, I a, mein Kind, es sind die Letzten. Deine Mutter.«

Reba hat den Brief zurückgebracht und ich habe weitergemacht. Dass ich ihn überhaupt gesucht hatte!

Es ist die vorletzte Kiste, das andere auf dem Boden räume ich schnell wieder ein. Die Bücher sind alphabetisch nach Verfasser sortiert, die Briefe nach Datum, die Manuskripte nach dem Genre und innerhalb des Genres nach dem Alphabet. Die Schallplatten, meine alten und ihre alten, ebenso die CDs nach den Interpreten, die Fotos nach Menschen, die Prozessakten nach Prozessaktennummern, die Luftpost vom Geliebten, ihrem Geliebten, habe ich nach Orten, Jahren und Monaten sortiert, Lagerüberlebendenbriefe und Lagerüberlebendenrundbriefe habe ich getrennt und ebenfalls nach Datum abgeheftet. Postkarten befinden sich in den Klarsichthüllen, auch die kleinen gemalten Zettelchen von ihr.

Vorhin hat tatsächlich das Telefon geklingelt, das war komisch. Ich wusste gar nicht mehr, wo es steht. Es steht im Flur. Ein Mann war dran, er sagte: Hallo, Maria, bist du es? Ich sagte nein, aber ich glaube nicht, dass er das noch gehört hat, weil es gleich nach seiner Frage gerauscht hat und auch nicht mehr aufhörte damit.

Das Prinzchen ist tot.

Wir haben es beerdigt. Wir haben es, nur mit einem Tuch umwickelt, begraben in der Wiese unten am Fluss. Es war schwierig, die Wiese war mal eine, Donati brauchte eine Spitzhacke, die Erde war hart wie Stein. Aber er wollte es so.

Trotzdem haben wir es sofort danach wieder ausgegraben, weil Reba hinzukam, geweint und gesagt hat, was wir machen, sei falsch. Das Prinzchen will auf den Winden reiten, deshalb ist es so leicht geworden. Also haben wir es aufs Dach getragen, das Tuch mit einem Seil umwickelt und es in die Gurte an den Galgen für die Springer gehängt, der sich dort immer noch befindet. Die Winde machen die Seele kalt, sonst kommt das Prinzchen nicht weg, hat Reba gesagt.

Die Menschen auf dem Dach sind weg. Ich hatte richtig gehört. Es lagen nur noch ein paar zerschlissene Decken herum, Abfallhaufen und eine kaputte Plane aus Plastik in Grau. Ich habe Donati angesehen, und er hat sehr lange mich angesehen, dann haben wir uns nebeneinander vor dem Prinzchen aufgestellt und ihm adieu gesagt, jeder auf seine Art. Ich habe Reba in den Arm genommen, sie hat Recht. Es hängt gut dort oben, es wird lange dort hängen. Es: Arthur Donati. Ein Prinz.

Nach einer Weile wendeten wir uns ab, alle drei gleichzeitig.

Jetzt weint sich Donati über der Karre aus, er schiebt sie leer durch seine Etage und schreit.

Während er da unten schreit, mache ich hier oben die letzte Kiste auf.

Der Inhalt dieser Kiste:

- eine Puderdose,
- ein Lippenstift,
- drei Adressbücher,
- ein Kriminalroman mit dem Titel »Der tiefe Schlaf«,
- ein Bündel Briefe in dieser kleinen Schrift, die ich in so vielen Ordnern habe und die nicht die ihre war, sondern die ihres Liebhabers,
- eine kleine Lederschatulle mit kaputten Holzketten darin,
- ein Haufen Notizzettel,
- Ansichtskarten, beschriebene und unbeschriebene, denen ich nun jeweils eine eigene Pappschachtel gebe,
- ein flacher Korb mit weißen Blättern,
- eine Schale mit Stiften, die alle nicht mehr schreiben, es auch früher schon nicht taten, aber dennoch gesammelt und nicht weggeschmissen wurden,
- ein kleiner Spiegel, eine kaputte Brille und ein leeres Röllchen Validol.

Ich schnüre das letzte Bündel Briefe auf, nehme sie aus den Umschlägen, streiche die blauen Zettel glatt.

Liebste, kochana, moja droga, Soschalein, Soschen-
ka … ich lese sie nicht. Es macht keinen Sinn. Ich
hefte sie nur noch ab.
Letzter Ordner, Beschriftung: der Rest.
Warum sollte ich die Liebe zwischen dem Sohn eines
längst verrotteten Nazis, der im Kopf etwas anderes
trug als im ererbten Verhalten und in seinem Herzen
so schwer an sich selbst, warum sollte ich diese Liebe
zwischen ihm und meiner alten mütterlichen Freundin, einer Holocaust-Überlebenden, verstehen. Ich
habe es vor vielen Jahren aufgegeben. Nichts gab es
zu verstehen. Nichts außer einem, und das ist nun
vollbracht.

Ich bin fertig, jetzt sind wir dran.

Die Hitze ist unerträglich und im Wind ist Sand. Das
hat es auch früher manchmal gegeben, dass es roten
Sand geregnet hat, aus der Wüste in Afrika haben
ihn die Winde bis hierher getragen. Dann hatten die
Autos frühmorgens eine dünne Staubschicht drauf.
Egal, ob man gerade durch die Waschanlage gefahren war oder nicht, auch die Fenster waren dann umsonst geputzt und der Tisch im Garten wirkte wie
gepudert.

Jetzt fällt mir wieder ein, dass ich ein Kind habe,
dieser Gedanke durchzuckt mich manchmal wie ein
Schrecken, dabei weiß ich es doch immerzu, aber
wenn ich es bewusst denke, dann …
Ja, ich habe ein Kind, eine Tochter, eine habe ich
noch. Sie ist schon groß, aber sie ist dennoch mein
Kind, sie wird es auch immer bleiben.
Wie habe ich sie eigentlich zur Welt gebracht?
Vakuumextraktion.
Und da lebt sie jetzt.
Sie hat Hunger.
Ich habe nur noch Knäcke und Gurken, ich treibe
seit Tagen nichts mehr auf.
Hol was, Muttchen, sonst kratz ich ab.
Ich liebe sie.
Sie ist wie gemacht für diese Welt.

127

Die erste Frau, die passt.

Und ich hab nichts zu essen für sie.

Vielleicht sing ich was.

Ein Lied. Pommerland. Abgebrannt.

Allerdings habe ich irgendwo ein Schwein gesehen. Ich bin mir ziemlich sicher, dass ich ein Schwein gesehen habe. Und ich meine nicht Tadeusz. Neulich, die auf unserem Dach, die hatten ja auch eins.

Es kann auch ein dicker Hund gewesen sein, oder ein aufgedunsenes Schaf. Ich glaube jedenfalls nicht, dass ich es geträumt habe. So, wie ich es gesehen habe, das kann nicht sein. Ich weiß bloß nicht mehr genau, wann es war und wo es war, und notiert habe ich mir auch nichts. Ich werde immer ungenauer. Es steckte fast verkohlt an einem Spieß über einem Feuer. Den Spieß drehte ein Mann. Als er mich sah und ich ihn, hielt er inne. Es war in einem Hof, einem Hinterhof, einem ziemlich großen, und ich glaube nicht, dass ich so etwas träumen kann, weil ich ja weiß, wie es dort aussah. Der Platz war rund und gepflastert, in der Mitte war ein Brunnen aus Stein. Der Mann mit dem Spieß stand vor einem leeren Geschäft am Rand. Es muss in der Altstadt gewesen sein, die Häuser ringsumher waren ausgebrannt. In die Altstadt geht kaum noch jemand, dort gibt es auch nichts mehr zu holen, außer Holz. Denn offensichtlich hatte er ja Holz gefunden und ich erinnere mich jetzt, dass es zwei Balken waren, über Kreuz gelegt, die dort vor ihm glühten.

Der Hof hatte zwei Zugänge, eine Einfahrt von der Straße aus, auf der ich kam, auf der anderen Seite ein altes Tor, das allerdings verschlossen war. So was träumt man doch nicht, das habe ich gesehen. Obwohl es immer schwieriger wird, zu unterscheiden, was was ist. Auf die Wand hinter dem Mann waren zwei Sprüche gesprüht. Der eine hieß: »Drogen statt Kinderspeisung«, der andere: »In der Realität ist die Wirklichkeit«.

So was träumt man doch nicht! Davor staken die Beine des Tieres in die Luft, mir wurde schlecht, als ich es roch.

So schlecht wie neulich von der Dose Thunfisch, die Reba irgendwo aufgetrieben und mit mir geteilt hatte: Tuna im eigenen Saft und Aufguss. Aber ich habe nicht gebrochen, ich habe ihn bei mir behalten, und sobald der Wind da draußen aufhört, der kein Sturm ist, nicht in Böen weht, sondern als konsequent gleichmäßig starker Wind, geradezu so, als käme er von einem riesigen Ventilator, sobald der aufhört, gehe ich raus und finde den Kerl. Und dann werde ich ihm sein Schwein entwenden. Zumindest einen Teil davon. Ich brauche mich nur noch zu erkundigen, wo dieser Hof ist, und beschreiben kann ich ihn ja. Und das Tor – es ist bekannt, ich komme jetzt nur nicht auf seinen Namen. Es ist ein altes Tor, früher war dort die Stadtmauer verlaufen. Wahrscheinlich hat man dort den Zoll abgenommen, von denen, die in die Stadt wollten, um zu handeln, man hat Decken zurückgeschlagen, Fässer abgeklopft, Stroh aufgeschüttelt, um zu gucken, ob auch alles richtig gemeldet war; Frauen trugen, wenn Markt war, Hühner und Enten in engen Käfigen dort hinein, die

Fischer ihre Fische körbeweise, und die Butter hat in Butterfässern den Knechten am Joch gehangen, rechts und links von den Schultern herab, in Fässern hat man Trauben reingebracht, ganze Trauben, blaue, saftige und auch die grünen und Pflaumen eimerweise, die dicken mit Würmern drin. Und ich nehme an, dass es Berge von Äpfeln gab und Birnen und wahrscheinlich auch Nüsse, und die Menschen tranken so etwas wie Bier, das gab es. Und jetzt ist dort auch etwas zu holen.

Ich werde es wiederfinden, dieses Tor, das werde ich, ich brauche nur rauszugehen und zu fragen. Ich gebe zu, dass ich im Ortefinden noch nie gut war, aber im Fragen schon, und vom einen kommt man schließlich doch zum anderen.

Aber erst lege ich den Stift weg und atme noch ein Weilchen, hier auf dem Sofa, auf dem ich so gern liege, seitdem ich fertig bin. Mir einzubilden, dass es Luft ist …

Auch ist der Wind noch zu stark und so rot, es kommt mir vor, als sei er nie so rot gewesen, durch und durch rot.

Kann sein, dass sie mich vom Sofa gestoßen hatte. Wenn, dann war es gut so, manchmal braucht man das ja, dass einen jemand schubst, sonst erliegt man sich noch selbst. Ich war jedenfalls runtergefallen. Und da ich schon mal runter war, konnte ich auch rausgehen. Wenn ich durchkam. Da unten sah es nämlich schwer so aus, als schöbe der Wind den gesamten Schutt auf Halde, Berge von Papier und Dreck sind durch die eingeschlagene Tür geflogen. Ich stand auf den Stufen und war mir nicht ganz sicher, ob ich da reinsteigen wollte. Wer weiß, was drunterlag. Ich erinnerte mich, dass ich schon einmal unter einem Haufen Schutt etwas gefunden hatte, das ich nicht hatte finden wollen.

Wer weiß, was drunter war! Vielleicht ist das inzwischen ein Friedhof hier. Könnte doch sein. In diesem Haus ist alles möglich. Stammesvölker auf dem Dach, ein durchgedrehter Puppenspieler, ein verrücktes, aber gestähltes Kind, eine sentimentale Idiotin, die ich verkörpere. Wo war eigentlich Tadeusz?

Draußen war er nicht, drinnen war er nicht ...

Ich ging nicht durch!

Allerdings war draußen ein Schwein. Ich bin noch immer der tiefen Überzeugung, dass draußen ein Schwein ist. Und so ein Tier kann ein Argument sein. Für vieles, für fast alles. Besonders, wenn es bereits gebraten ist. Also darf man nicht stehen bleiben. Hätte ich es getan, dann hätte es ja passieren können, dass ich auch noch zugeblasen worden wäre. Vom Winde verweht.

Der ja immer noch weht. Mit unverminderter Kraft. Es muss schon ein riesiger Ventilator sein. Kann mich an den Film gar nicht mehr genau erinnern.

Irgendein heroisches Weib lief da rum, ich glaub, in etwas Dunklem, grün war es, ein Kleid aus Vorhangstoff.

Frau/innen.

Habe auch mal Drehbücher geschrieben. Stimmt. Ich habe mal Drehbücher geschrieben. (Aber das ganz sicher nicht, das war jemand anderer, sonst wüsste ich es ja, sonst würde ich es kennen.)

Schatten/außen.

Drei. Drei Schatten außen. Liefen plötzlich vorbei.

Der in der Mitte war groß und oben rot. Die beiden rechts und links davon waren eindeutig kleiner. Der rechte nicht ganz so klein wie der linke.

Es war Loretta, sie hatte Tim und Sue gefunden!

Warte!, rief ich. Warte!

Dann schaufelte ich mich doch schnell durch den Dreck, ich lief ihr nach: Loretta, warte!

Sie dachte aber gar nicht daran zu warten! Sie ging einfach weiter.

Vornübergebeugt ging sie mit ihren Kindern an der Hand.

Hey, wo willst du hin?

Weg!, rief sie. Lass mich in Ruhe!

Sie drehte sich nicht mal um dabei.

Ich lief ihr nach. –

Was mache ich eigentlich? Wieso wiederhole ich ständig dieselben Sachen. Wieso rannte ich schon wieder jemand nach, der das nicht wollte. Oder wollte sie es? Ist alles darauf angelegt, dass ich nach-rennen soll? Sind das alles Finten?

Sie geht, wie die anderen geht sie auch, und des-halb bin ich ihr nachgelaufen. Das wusste ich doch, das habe ich die ganze Zeit gewusst. Dass sie mich im Stich lässt. Dass sie irgendwann einfach abhaut, kommentarlos geht, keine Treffen und keine Aktio-nen mehr, weg, einfach weg.

Ich lief ihr trotzdem weiter nach. Hey!, rief ich, ich muss dich noch was fragen.

Sie blieb kurz stehen, drehte sich um …

… ich such ein Schwein, sagte ich, hast du zufällig unterwegs ein Schwein gesehen?

Einen Moment lang war sie fassungslos, komplett.

Dann lachte sie, das ist gut, sagte sie. Das ist echt gut! Schreib das auf, hörst du. Sie lachte schallend. Schüttelte den Kopf, das ist super! Dann packte sie ihre Kinder wieder und zog sie davon. Marschierte gegen die Windrichtung an, lachte und ließ mich stehen.

Jetzt hat es mich erwischt.

Das habe ich jetzt davon. Keine Haxe, aber schon wieder Stromausfall. Und jetzt? Was mach ich jetzt? Loretta weg, Tadeusz weg …

Ich gehe gegen die Schwärze an. Taste sie ab, ich suche. Ich suche Licht. Ein bisschen Blau von den Planeten. Ein bisschen Glanz auf stumpfem Stein. Ein kleines bisschen. Ich bettle sie an, die Nacht. Gib mir eine Laterne, eine Lampe, ein Feuer, gib mir Licht. Doch sie ist wie ein Block aus Blei. Ich gleite an ihr herab. Und weine.

Tränen, die kein Mensch sieht. Weine in der schwarzen Nacht, bis ich nicht mehr kann.

Ich schwöre: Es wuchs Gras.

Es hatte lange, dünne Rispen, seine Blätter waren rund. Ich konnte mich betten und der Himmel ging auf.

Der Restgott sandte mir den Glauben zu, das bisschen, das er noch besaß.

Liebe. Liebe.

Schwappte bis an mein Becken heran. Schlickig, stinkend, braun. Ich lag im Fluss, die Arme im Gras. Ja, es hatte lange dünne Rispen und die Blätter waren rund und grau. Ich hielt mich daran fest. Um meine Hände herum pickten ein paar zerlumpte Tauben.

Natürlich, euch hatte ich vergessen. Ich grüße euch.

Ich habe euch immer gehasst. Sicher seid auch ihr nur auf der Durchreise.

Ich bin das übrigens auch. In Wahrheit reise ich, in Wahrheit reisen wir alle. Menschen sind Wanderer, sie wandern, wie die Wolken ziehen. Von selbst. Das ist das Leben.

Weil es nach wie vor so windig ist, hat Reba die Seile über unseren Fenstern abgeschnitten. Aufs Dach geht sowieso niemand mehr.

Es war ein hartes Stück Arbeit. Wir haben es in der Etage über uns gemacht. Sie musste sich weit rausbeugen, die Seile packen und dann regelrecht sägen. Ich habe sie festgehalten dabei, damit sie nicht fiel. Die Dinger klopften immer an unsere Fenster, das hielt sie einfach nicht mehr aus.

Der Wind reicht. Man kommt sich vor wie in Westernfilmen von früher, wo Knäuel von Wermut und ganz viel Sand durch leere Geisterstädte fegen, getrieben vom großen Ventilator, der seitlich neben den Kulissen steht.

Das habe ich lange nicht mehr gedacht, dass ich mir vorkomme wie im Film. Aber mir fällt gerade auf, dass ich das eigentlich noch nie gedacht habe. Das haben immer andere getan. Gedacht, dass sie es nicht wirklich sind, dass das Erlebte nicht das Echte ist, aber immer so, als würde das Echte irgendwann noch kommen. Ich glaube jetzt, es war eine richtige Ära, man lebte nur vermeintlich. Man war gar nicht richtig da. Wer nicht da war, hatte keine Verantwortung. Wer keine Verantwortung hatte, konnte aalglatt eintauchen, in das, was dann kam: diese hirnlose, taumelnde Oberflächlichkeit und das sich

Festkrallen am schwindenden Bestand. Diese eng-
stirnige Blödigkeit, mit der man vor der Zukunft
wegsah –

Ich bin wieder blass.
Der Bluterguss ist fast ganz abgeklungen.
Wenn R. kommt, und zweifellos kommt er (er ist
schon da, ganz nah, ich bin sicher), dann wird er mich
erkennen.
Ich träume oft von ihm. Im Traum bin ich ein Kind
und renn auf eine Wiese. Sie ist hoch, die Wiese,
voll Mohn und Margeriten. Ich lasse mich fallen und
mache einen Mond. Dann kommt R. und gibt mir
eine Nachricht. Die Nachricht ist, dass ich gestern
gestorben bin. Ich wurde in Deutschland von einem
Auto überfahren. Ich war noch ganz klein. Gerade
drei.

Wenn etwas zu schnell geht, dann macht man es
ganz langsam noch mal.
Man merkt nicht, dass es so ist, aber man tut es.
Langsam noch mal.
Der Tod ist wieder da. Er kommt jetzt immer öfter.
Er steht in der Sonne, er meint nicht mich. Er zeigt
sich bloß.
Ungerührt, kein Hauch umgibt ihn. Selbst der Fluss
scheint regungslos zu sein.
Ich schau ihn aus den Augenwinkeln an. Vielleicht
ist der Tod ja ein Mensch, ein sich stets wieder-
holender Mensch?
Es gibt keine Befreiung. Nur das Nachdenken dar-
über.
Es gibt Aufgaben, die gibt es. Verschiedene.
Eine habe ich noch.
Nicht Donati. Ihn.
Ich werde sie angehen müssen, es hilft nicht, drau-
ßen zu sein. Die letzten Seiten hier unten zu schreiben. Ich muss reingehen! Erst wenn ich dieses Heft
dazustelle, wird alles fertig sein. Dann werde ich ab-
schließen, dann können wir weg.
Wenn ich aber reingehe, ist er da.
Er wartet. Ich weiß es. Er ist da. Er sitzt dort oben
und wartet auf mich.
Ich werde allein sein mit ihm.

Und was mache ich dann.

Das ist meine Aufgabe: Was mache ich dann.

Es ist eine Wiederholungsaufgabe. (Schon wieder!)

Diese Aufgabe gab es schon einmal.

Als Hausaufgabe arbeitet ihr Kästchen 2 und 3 durch.

Kästchen 2.

Noch mal.

Er sitzt auf meinem Schreibtischstuhl, frontal gegenüber der Tür. Die Beine sind gespreizt. Müde Männer spreizen meist die Beine. Verschaffen sich Raum wie eine Frau, die empfängt.

So wird er dasitzen, und was mache ich dann?

Ich schwamm einmal im Meer über den Haien. Ein Mann hielt meine Hand. Er hieß Aaron.

Er sagte: Quiet! Und: Don't move, just float!

Ich ließ mich treiben und sah sie mir an.

Wie Bomben lagen sie auf dem Grund.

It's great, sagte Aaron über dem Meer.

They are sleeping.

Aber das ist ein Irrtum. Sie schlafen nicht. Sie haben nie geschlafen. Auch die, die man liebt, schlafen nicht.

Es ist ein großer Irrtum.

Es gibt gar keinen Schlaf.

Deshalb brennen die Augen, und man sieht alles so undeutlich.

Ihn, so aufgelöst. So schwammig. Wie kommt das?

Fast liegt er auf dem Stuhl.

Wieso ist er so nass? War er auch im Fluss? Wieso kann ich mich aufrichten? Wo kommt die Kraft her?

Ich habe diese gottverfluchten Treppen kaum geschafft. Wieso kann ich mich jetzt gerade aufrichten?
Ich werde immer größer. Ich bin riesig. Ich erhebe
mich.

Was hat er da?

Er hebt den Arm. Er hat etwas in der Hand. Er hält
etwas! Er holt aus. Es ist eine Waffe. Ein Messer.
Wieso hat er so viele Tropfen auf der Stirn. Er
schwitzt, er ist ganz klebrig.

Ich brauche nur noch zu ihm zu gehen. Ich kenne
diese Messer, ich kenne sie gut, bestens sogar. Sie
sind scharf.

Er öffnet die Augen. Was er für schöne Augen hat.
Sie sind so blau, so himmelblau. Er nimmt den Arm
nach hinten. Er holt aus. Ich beuge mich herab zu
ihm. Ich schau ihn an. Sein Haar klebt an der Stirn
wie nach der Liebe. Seine Augen sehen mich. Die
Nase bebt, da sind die kleinen schwarzen Härchen
wieder. Sein Mund öffnet sich. Seine Augen schließen sich. Seine Lippen berühren mich. Und unsere
Arme umklammern sich.

Die Wärme, da ist sie, die, die von innen kommt.

Es gab nichts zu verzeihen, nur zu erlösen.

Es ist unvermindert heiß. Wir packen.
In das Laken, mit dem Reba ihre Skulptur enthüllt
hat und das eigentlich nicht ein Laken ist, sondern
vier, die ich zusammengenäht habe, da hinein haben
wir R. gewickelt und die Treppe runtergeschleift.
Den Kopf haben wir mit Kissen abgepolstert, damit
er nicht so hart aufschlägt.
Es war mühsam. Aber es musste sein. Zu dem, was
wir hier oben gemacht haben, gehörte er nicht.
Im Foyer haben wir den Dreck beiseite geschaufelt,
um ihn durchziehen zu können. Die Lichtschranke
hat die Zeit angesagt, jetzt liegt er vor dem Haus.
Auch wegen der Fliegen musste er weg. Seitdem es
zweimal geregnet hat, sind sie wieder da.
Es gibt Strom, aber kein fließend Wasser. Meine
Kleider musste ich im Fluss auswaschen. Da der
Fluss aber auch die Farbe von getrocknetem Blut
hat, sehen sie jetzt aus wie vorher, riechen nur anders. Ich habe nackt am Ufer gesessen und gewartet,
bis alles trocken war.
Mir war der Geiger von neulich eingefallen, wie eine
Einbildung kam er mir jetzt vor.

Die Enthüllung haben wir mit einer Flasche Sekt
gefeiert. Donati kann nämlich neuerdings zaubern.
Flaschen aus dem Jackett.

141

Diese Zauberei hätte uns fast das Leben gekostet. Ich nehme an, dass es Gift war, ich habe an Sekt andere Erinnerungen. Aber wer weiß.

Was ich nicht möchte, ist, durch so einen Blödsinn sterben.

Morgen ist es so weit. Jetzt geht alles schnell.

Heute Nacht werden wir noch einmal auf das Dach gehen. Das Prinzchen wird dort immer noch hängen, geschützt in seiner Plane.

Aus dem Jenseits wird ein Vogel kommen, »Nachtvogel, der du die Grenzen des Jenseits überflogen …«.

Wir werden verschiedene Fragen stellen, er wird sie uns beantworten. Wir werden ihm zuhören und auf das sehen, was vor uns liegt. Und wissen, dass es nun hinter uns liegt und wie egal das alles ist.

Neben mir wird mein Kind stehen und endgültig kein Kind mehr sein.

»Adieu«, wird Donati rufen, weil er doch wieder rezitiert, »… warum einer ewigen Sonne nachtrauern, wenn wir uns auf den Weg gemacht haben zur Entdeckung der göttlichen Helligkeit – fern der Menschen, die sterben über den Jahreszeiten!«

Der Vogel wird kehrtmachen. Wenn der Morgen kommt, werden wir losgehen.

Donati mit der Karre, wir nehmen jede einen Rucksack.

Vielleicht treffen wir ja jemanden, den wir kennen. Nadja oder den Interviewer oder Tadeusz, vielleicht holen wir sogar Loretta ein.

142

Ich habe eine Latte bereitgelegt. Ich werde sie im Eingang verkeilen. Wenn wir schon am Horizont sind, wird hier die Lichtschranke noch immer die Zeit ansagen. Den Tag, die Zeit, die Temperatur, den Ozonwert und den Zustand des Himmels. Es ist ein falscher Himmel. Der Himmel ist falsch.

Die Zitate sind entnommen aus:
Arthur Rimbaud: Une saison en Enfer / Eine Zeit in der
Hölle, franz./deutsch, übertragen und herausgegeben von
Werner Dürrson, Stuttgart, 1970.
Das Zitat: »Nachtvogel, der du die Grenzen des Jenseits
überflogen ...« stammt von Boleslaw Lesmian. Es ist dem
Buch »Tanz, Mädchen« von Krystyna Zywulska entnom-
men, entstammt gewissermaßen den Kisten.